Libre de l'aimer

PIPPA ROSCOE

Libre de l'aimer

Traduction française de
LOUISE LAMBERSON

AZUR

HARLEQUIN

Collection : Azur

Titre original :
STOLEN FROM HER ROYAL WEDDING

HARPERCOLLINS FRANCE
83-85, boulevard Vincent-Auriol, 75646 PARIS CEDEX 13
Service Lectrices — Tél. : 01 45 82 47 47 - www.harlequin.fr
ISBN 978-2-2804-8390-2 — ISSN 0993-4448

Composé et édité par HarperCollins France.
Imprimé en janvier 2023 par CPI Black Print (Barcelone)
en utilisant 100% d'électricité renouvelable.
Dépôt légal : février 2023.

FSC www.fsc.org
MIXTE
Papier issu de sources responsables
FSC® C159065

Pour limiter l'empreinte environnementale de ses livres, HarperCollins France s'engage à n'utiliser que du papier fabriqué à partir de bois provenant de forêts gérées durablement et de manière responsable.

1.

Marit appuya sa main sur le bustier en satin blanc pour chasser la sensation de malaise qui se répandait dans sa poitrine. Son cœur frémit. Pas de nervosité mais parce qu'elle craignait d'être sur le point de commettre une erreur monumentale… Avant de se rappeler pourquoi elle avait pris cette décision.

Elle redressa la tête et carra les épaules. C'était le dernier geste de bravoure de la benjamine de la famille royale de Svardia. Elle savait ce qu'elle faisait.

Tu en es sûre ? Marit tressaillit en imaginant la réaction de Freya. Les battements de son cœur s'accélérèrent. Non, sa grande sœur n'approuverait pas sa décision.

Elle jeta un coup d'œil à son reflet dans le miroir de sa chambre d'hôtel et pinça les lèvres pour les empêcher de trembler. Une mère devrait assister au mariage de sa fille, toute la famille devrait être réunie, les amis…

Se forçant à contrôler sa respiration, elle examina sa silhouette d'un œil critique. Elle avait acheté sa robe de mariée la veille, avec André, dans la première boutique spécialisée venue. Le décolleté du bustier bâillait un peu, et la jupe, constituée d'un nombre invraisemblable de couches de tulle, lui fit soudain penser à une pièce montée… Quant à ce blanc… il ne mettait vraiment pas son teint en valeur.

Mais la sensation de malaise ne venait pas de la robe.

Lorsque, deux semaines plus tôt, Aleksander, son frère

aîné et roi de Svardia, l'avait fait venir dans son bureau, Marit avait cru qu'il avait découvert son secret. Que l'un de ses espions lui avait tout révélé concernant son projet d'orchestre de jeunes venant des quartiers défavorisés. Elle n'avait pas été autorisée à étudier la musique à l'université, mais elle n'avait jamais renoncé à son goût profond pour cet art. Et si elle avait gardé le secret sur son projet, c'était parce que sa famille – ses parents – lui en aurait prédit l'échec. Ils n'avaient jamais cru en elle parce que, toute petite, elle avait eu tendance à se prendre les pieds dans les tapis ou à renverser de la crème au chocolat sur sa robe juste avant la traditionnelle photo de famille de Noël, par exemple. Ou encore parce que, plus tard, ayant oublié l'étiquette spécifique à respecter vis-à-vis de la délégation taïwanaise, elle avait failli causer un incident diplomatique.

Aussi, assise en face du roi dans son bureau – mélange de style baroque et de technologie de pointe –, Marit s'était attendue au pire. Mais refusant de s'avouer vaincue, elle s'était préparée à défendre le projet auquel elle travaillait depuis huit mois.

Et lorsque son frère avait déclaré : « Freya va renoncer à son titre ; elle n'a pas d'autre choix. Et toi non plus. Tu es désormais la deuxième dans l'ordre de succession au trône », elle ne l'avait d'abord pas entendu. Mais son cœur avait enregistré les paroles d'Aleksander. Il avait assimilé l'information bien plus vite que son cerveau, et Marit avait cru qu'il allait s'arrêter de battre. Puis elle avait compris à son tour et entrevu le futur qui l'attendait, tandis que le regard sombre et implacable de son frère scrutait le sien.

Ce n'était pas une proposition ni même un sujet de discussion. C'était ainsi, voilà tout.

En sortant du bureau de son frère, Marit avait trouvé sa sœur qui l'attendait dans le couloir, des larmes étincelant dans ses beaux yeux couleur d'ambre. Elles étaient tombées dans les bras l'une de l'autre, partageant leur désespoir, leur affection, et leurs craintes. Freya, la personne la plus affectueuse et la plus généreuse que Marit ait jamais connue, avait appris qu'elle ne pourrait jamais avoir d'enfants. C'était si horrible, si injuste... Mais Marit trouvait encore plus cruel que Freya doive renoncer à son titre et à sa position dans l'ordre de succession au trône à cause de son incapacité à produire des héritiers de rechange, et pour protéger l'avenir de la monarchie. Freya remplissait son rôle et ses fonctions avec une passion que Marit ne pouvait comparer qu'à son propre amour de la musique. Et elle craignait que ce renoncement, en plus de son incapacité à avoir des enfants, ne soit fatal à Freya.

Elle souffrait énormément pour sa sœur. Mais à sa grande honte, elle souffrait aussi, égoïstement, de devoir quant à elle renoncer à sa liberté. Au fil des années, Marit avait compris qu'elle était en trop. Elle avait grandi entourée de privilèges comme une princesse, mais personne ne s'était jamais attendu à la voir s'impliquer dans des devoirs royaux- ni même ne l'avait souhaité. Par conséquent, ce nouveau statut, cette nouvelle position dans la famille royale, représentaient un redoutable défi pour celle que l'on appelait la princesse rebelle dans toute la presse internationale. Pas un instant Marit n'avait songé à s'opposer à l'ordre de son roi. Elle ne laisserait jamais tomber son frère ou sa sœur. Cependant, il lui restait un dernier acte de rébellion à accomplir.

En tant que deuxième dans l'ordre de succession au trône, elle devrait épouser un noble. Un homme au pedigree adéquat choisi par son frère.

Et cela, c'était impossible. Elle ne le pouvait pas.

Épouser un étranger... Partager l'intimité d'un inconnu... Elle frémit à la pensée de ce qu'elle s'apprêtait à faire.

Elle n'était pas encore en deuxième position dans l'ordre de succession. Par conséquent, si elle était déjà mariée au moment où elle prendrait la place de Freya, la législation interdisant aux princesses royales de Svardia de choisir leur époux, ne s'appliquerait pas à elle.

D'où sa présence dans ce charmant hôtel parisien, le Jardin Exquis, en robe de mariée et s'apprêtant à épouser André du Sault, son meilleur ami, rencontré à l'université où Marit avait obtenu le diplôme de commerce imposé par ses parents. André était le seul à comprendre pourquoi elle agissait ainsi et il avait ses propres raisons d'accepter sa proposition. Une fois mariés, ils avaient décidé d'improviser au fur et à mesure.

Marit se retourna brusquement en entendant des bruits inhabituels dans le couloir, juste derrière sa porte.

— Arrêtez, monsieur ! s'écria une voix choquée. Attendez ! Vous ne pouvez pas entrer ! Monsieur !

Une seconde plus tard, la porte s'ouvrit brutalement, un homme de haute taille apparut sur le seuil et plongea son regard gris dans celui de Marit – comme s'il la connaissait.

Il avait beau avoir une réputation de tombeur, Lykos Livas n'avait pas pour habitude d'enlever les femmes le jour de leur mariage. Pas plus qu'il n'avait l'habitude de rechercher une princesse en fuite, à la demande du frère de ladite princesse – et de la retrouver en plein cœur de Paris le matin même de ses noces.

Avant de s'aventurer dans l'hôtel, il avait de nouveau vérifié l'adresse envoyée par Theron, l'ami avec lequel il avait grandi dans les rues d'Athènes, où ils passaient la majeure partie de leur temps dès qu'ils pouvaient s'échapper de l'orphelinat. Jusqu'au jour où ils avaient rencontré Kyros Agyros. Kyros, l'homme à qui ils devaient tous deux de s'en être sortis et d'avoir brillamment réussi dans la vie, mais qui avait trahi la confiance de Lykos. La blessure n'avait jamais cicatrisé depuis. Cependant, cette triste expérience lui avait appris une chose essentielle qu'il n'oublierait jamais.

Il ne pouvait se fier qu'à lui-même.

Mais dans l'immédiat, il devait s'occuper d'une princesse gâtée de vingt-deux ans, ainsi qu'il l'avait promis à son frère, le roi de Svardia. En échange, ce dernier s'était engagé à lui céder les actions qui permettraient à Lykos d'éjecter Kozlov de sa propre société.

« Vous aurez beau vous habiller comme le plus chic des dandys, vous n'en resterez pas moins un vulgaire voleur à la tire rejeté par tous, à commencer par vos parents. Un gamin des rues réduit à quémander des miettes. »

Le souvenir des paroles d'Ilian Kozlov lui fit l'effet d'un coup de fouet. Il avait rencontré l'homme d'affaires russe le jour où il l'avait battu de vitesse en rachetant les actions d'une entreprise de technologie convoitées par ce dernier. Par la suite, ce salaud avait tenté de s'attaquer au portefeuille de Lykos mais comme cela n'avait pas fonctionné, il s'en était pris à sa réputation. Et pourquoi ? Parce que Lykos représentait une menace pour lui. Il faisait partie des rares individus ayant suffisamment de compétences et de relations dans le domaine de la finance, pour faire tomber l'homme d'affaires.

Le moment était venu de lui rendre la monnaie de sa pièce. Et pour cela, il suffisait d'enlever une jeune princesse.

Il entra dans l'hôtel en se remémorant les quelques infos rassemblées sur André du Sault. Notamment un compte en banque régulièrement – et généreusement –, alimenté par des parents fortunés. André aurait donc pu emmener la princesse Marit n'importe où. Or, si le Jardin Exquis pouvait être qualifié d'« hôtel de charme », ce n'était pas non plus un palace. Bizarre, pour le fiancé d'une princesse.

Passant devant la réception comme s'il était un habitué des lieux, Lykos se dirigea vers l'escalier décrivant une élégante spirale et grimpa jusqu'au dernier étage – celui que choisissaient d'ordinaire les tourtereaux, non ?

— Monsieur ?

Lykos ignora le garçon d'étage qui tentait de lui barrer le passage.

— Monsieur !

Il repéra la porte située à l'extrémité du vaste palier et s'avança à grands pas vers celle-ci.

— Arrêtez, monsieur ! Attendez ! Vous ne pouvez pas entrer ! Monsieur !

Lykos referma les doigts sur la poignée en cuivre, la tourna et poussa la porte. Debout devant un miroir en pied, dans une robe ne mettant en valeur ni sa silhouette ni son teint, se tenait la princesse Marit de Svardia – laquelle était par ailleurs la femme la plus ravissante qu'il ait jamais vue.

Cette vision lui causa un tel choc qu'il resta pétrifié à la contempler. Sa chevelure blonde ondulant sur ses épaules rondes. Ses pommettes rose vif ressortant sur la pâleur de sa peau satinée. Elle avait d'immenses yeux noisette où scintillaient des pépites d'or et de jade. Et, seigneur, ces lèvres entrouvertes… Jamais Lykos n'avait rien vu d'aussi érotique, alors qu'il croyait avoir tout connu en matière de femmes et de sexe. À demi tournée vers lui, émergeant des flots de tulle blanc, elle avait la taille si fine qu'il aurait pu en faire le tour avec ses mains. Mais c'étaient les taches de rousseur parsemant le petit nez droit qui le fascinaient le plus. Elles symbolisaient l'innocence pour lui. Innocence dont il ferait mieux de ne pas s'approcher de trop près.

Il retint un juron et réprima sans pitié l'ardeur de sa libido. Marit avait à peine vingt-deux ans, bon sang !

Au moment où, après avoir repris le contrôle de ses sens, il plongea son regard dans le sien, il constata que les pépites dorées s'étaient transformées en éclairs furieux. Elle était très en colère.

Folle de rage, Marit se retourna complètement vers l'intrus en rabattant vivement la masse de tulle en arrière.

— C'est mon frère qui vous envoie, je suppose ? demanda-t-elle, contenant à grand-peine sa colère.

— Il aimerait que vous rentriez à Svardia, répondit l'inconnu avec un léger accent étranger.

D'instinct, elle recula d'un pas.

— C'est bien mon intention, mais d'abord…

— Que vous rentriez célibataire, l'interrompit-il de sa belle voix grave en s'avançant d'un pas, comme pour compenser celui que Marit avait fait en arrière.

— Non.

— Si.

— Vous semblez l'ignorer, monsieur, mais nous sommes au XXIe siècle, et…

La phrase resta en suspens tandis que Marit regardait le sbire d'Aleksander s'avancer dans la pièce, avec une telle détermination qu'elle recula de nouveau. Malheureusement, un de ses talons se prit dans le tulle et, tanguant périlleusement sur l'autre, elle allait tomber lorsque l'inconnu surgit devant elle, se pencha et, à sa grande stupeur, la prit par la taille et la hissa sur son épaule.

— Qu'est-ce qu'il vous prend ? s'écria-t-elle, aussi choquée qu'atterrée. Vous avez perdu l'esprit ?

Elle effleura le dos puissant, cherchant désespérément quelque chose à quoi se raccrocher tandis que l'inconnu se penchait à nouveau pour prendre son sac puis se redressait en passant la bandoulière sur son autre épaule. Marit redressa la tête, les joues en feu, repoussa ses cheveux de ses yeux et appela André à l'aide au moment où ils débouchaient dans le couloir. La porte voisine s'ouvrit aussitôt, son ami sortit précipitamment… et s'immobilisa.

— André ! Au sec…

Une vague de nausée l'interrompit, provoquée par la brusque volte-face de son ravisseur qui se tournait sans doute vers André. Elle retint son souffle. Son ami allait la défendre. Faire entendre raison à cet homme…

Une seconde passa. Deux.

Rien.

Son cœur sombra dans sa poitrine tandis que l'inconnu pivotait de nouveau sur lui-même et se dirigeait vers l'escalier. Refoulant ses larmes, Marit foudroya André du regard, mais celui-ci détourna les yeux en lui adressant une pitoyable excuse muette. Elle serra les mâchoires et s'efforça de ne pas le maudire. Il avait au moins essayé de l'aider. Ce n'était pas sa faute mais celle de son frère. Et de l'individu qui la portait sur son épaule comme un… un…

Elle laissa échapper un grognement. Un vrai grognement. La colère faisait voler en éclat toute retenue. Marit se mit à marteler le dos musclé avec ses poings. En vain. Sans même ralentir le pas, son ravisseur se contenta d'accentuer la pression sur ses reins.

— Merci, princesse, j'avais justement besoin d'un petit massage…

Nouveau grognement. Marit essaya de se redresser pour répliquer quand elle sentit une deuxième grande main chaude se poser fermement sur son dos pour la maintenir en place.

— Arrêtez de bouger, princesse, sinon vous allez tomber. Et vous n'êtes pas garantie contre la casse.

Ces paroles auraient dû décupler sa colère. Mais ce ne fut pas à cause de cela qu'elle devint cramoisie et serra les cuisses. Elle était embarrassée par les réactions incontrôlables de son corps. Marit aperçut alors le chasseur qui lui avait apporté sa robe une heure plus tôt.

— Altesse ? fit-il en écarquillant les yeux, l'air estomaqué. Hé ! Attendez !

Cette fois, l'inconnu s'arrêta et se tourna vers le jeune homme.

— Qui êtes-vous et que faites-vous ? Comment osez-vous vous en prendre à la princesse Marit ? demanda-t-il d'une voix tremblante mais déterminée, en bombant le torse.

Marit sentit la légère inclinaison de tête, comme si son ravisseur jaugeait celui qui osait le défier.

— Lykos Livas. Appelez ce numéro.

La main posée sur son dos s'écarta. Marit devina qu'il sortait une carte de sa poche et la tendait au chasseur.

— Et si cela ne vous suffit pas, appelez la police, enchaîna-t-il.

Lykos. Prénom étrange. Grec ? Un nom de prédateur. Elle pensa aux yeux gris argenté et à la vigueur du torse musclé, la souplesse gracieuse du corps d'athlète…

— Comment puis-je savoir que vous êtes bien… commença le chasseur derrière eux.

— Regardez sur Google, l'interrompit Lykos Livas.

Lykos se remit en route et quitta l'établissement, un peu réconforté par l'intervention du jeune chasseur. Dans quel monde vivait-on, si une femme pouvait être enlevée dans sa chambre d'hôtel par un total inconnu, sans que personne ne bronche ?

Peu importait qu'il soit le ravisseur. C'était une honte.

Il rajusta la position de la princesse sur son épaule, sortit sa clé de voiture de sa poche de sa main libre et déverrouilla les portières d'un clic. Puis il contourna le véhicule, sans prêter attention aux passants qui les regardaient d'un air ahuri, ouvrit la portière côté passager, jeta le grand sac fourre-tout en premier et déposa la princesse enrobée de mètres de tulle blanc sur le siège.

Au moment où il allait refermer la portière, il entendit, surgissant des flots… d'écume, une voix furieuse lui intimer de faire attention à la robe. Il roula les yeux, puis souleva le plus de tulle possible et fourra maladroitement le tout dans le peu d'espace vacant, avant de refermer la portière. Cela fait, il contourna de nouveau le véhicule, mais, au moment où il tendait la main vers la porte, Lykos vit un poignet délicat émerger de la masse vaporeuse et un doigt fin appuyer sur le bouton de verrouillage des portières.

— Ah c'est comme ça… ? murmura-t-il en cliquant sur sa clé.

Elle rappuya aussitôt sur le bouton.

— Ça vous amuse ? s'exclama-t-il, agacé.

Hochement de tête, ou plus exactement, ondulation de tulle.

Tournant le dos à la portière, Lykos se pinça l'arête du nez. Si Theron l'avait vu, il aurait ri aux larmes.

Il pivota sur lui-même. Impossible de distinguer le visage de la princesse dans les flots de tulle, mais il savait qu'elle l'observait. Il cliqua pour la forme et, comme il s'y attendait, elle rappuya sur le bouton.

— Bonjour, monsieur l'agent, dit-il en se tournant de côté.

Il leva les mains au ciel.

— Non, non, ce n'est pas ce que vous croyez…

Du coin de l'œil, il vit la masse de tulle remuer, cliqua aussitôt, ouvrit la portière avant qu'elle n'ait le temps de comprendre qu'il s'agissait d'une ruse, puis s'installa au volant en claquant la portière sur lui.

— Monsieur l'agent ! Monsieur l'agent !

— Désolé, princesse. Il n'y a personne.

— Comment ? Oh ! non !

La masse vaporeuse remua de nouveau, les mains fines rabattirent les couches de tulle, laissant apparaître des mèches blondes en désordre et deux grands yeux noisette qui ébranlèrent le peu de conscience qu'il restait à Lykos. Il ne s'y attarda pas et alluma le contact, le ronronnement du moteur calmant aussitôt son irritation. Parfait. Il avait repris le contrôle de lui-même.

Avant de démarrer, il tourna la tête vers sa passagère qui le foudroyait du regard.

— Je sais à quoi vous pensez, mais je vous demande de ne pas faire de bêtise pendant que je conduis. C'est dangereux et risqué pour vous. Et aussi pour moi. Votre frère m'a dit que vous étiez intrépide, mais pas stupide. Je compte là-dessus.

Elle pinça ses belles lèvres pulpeuses et rougit, ce qui eut pour effet de faire ressortir les taches de rousseur parsemant le petit nez droit et les hautes pommettes. Autant prendre son silence pour une reddition… Lykos hocha la tête, satisfait, démarra en douceur et s'éloigna rapidement du Jardin Exquis.

Conduire dans Paris ressemblait à s'y méprendre à conduire dans Athènes : coups de klaxon, jurons, poings levés… C'était fou, stupide, et cela faisait longtemps qu'il ne s'était pas autant amusé. En outre, l'agitation ambiante le forçait à se concentrer sur la circulation plutôt que sur les pensées qui s'agitaient dans son esprit, oscillant entre sa soif de vengeance et l'attirance qu'il ressentait pour la princesse installée à côté de lui, noyée dans son absurde robe de mariée.

Vingt minutes plus tard, il se garait dans le parking

souterrain de l'immeuble où il possédait un appartement et coupait le moteur.

— Et maintenant ?

La question le fit tressaillir malgré lui.

— Nous appelons votre frère pour organiser votre retour.

La princesse serra le poing, d'un geste qui aurait presque ému Lykos. Il sentait sa protestation. Sa rébellion. Mais elle devait comprendre que cela ne servirait à rien.

— Je vous propose une trêve, dit-il sans la regarder

Silence. Suivi d'un bruissement de tulle, donc d'un hochement de tête. Lykos descendit de voiture et attendit. Rien. Aucune réaction. Réprimant à grand-peine son impatience, il contourna le véhicule et ouvrit la portière côté passager. Un pied chaussé de satin argenté jaillit du tulle en même temps qu'une main se tendait vers lui. Ne voyant pas d'autre moyen d'extirper la princesse de la voiture, Lykos prit la main fine et la tira doucement vers lui, et la princesse se retrouva bien plus près de lui qu'il ne l'avait prévu.

Les grands yeux frangés de cils épais le contemplèrent, des éclats de jade marbrant le brun noisette. Le regard de Lykos descendit de lui-même sur la bouche rouge cerise. La vitalité émanant de la jeune femme fit vibrer en lui une note étrange, au plus profond de son être.

Jusqu'à ce qu'il se rappelle qui elle était. Et qui il était.

Marit le regarda en retenant son souffle. Quelque chose avait changé dans le regard de Lykos. Jusque-là, elle s'était sentie... Elle secoua la tête. Elle avait été en proie à un stress épouvantable à cause de l'enchaînement des événements, voilà tout. De son côté, il fixait maintenant sa bouche en fronçant légèrement les sourcils, l'air irrité. Les hautes pommettes paraissaient avoir été sculptées par un grand artiste, comme le reste du visage mince aux traits virils encore accentués par la barbe de deux jours entretenue avec soin. Face à lui, elle se sentait minuscule. Mais ce n'était pas désagréable comme sensation, au contraire. L'espace de quelques instants, Marit s'était sentie enveloppée par lui, et cela avait été… délicieux.

Mais subitement un éclat glacial avait envahi les profondeurs gris argenté, la faisant frissonner. Discrètement, elle regarda le panneau indiquant la sortie. Elle pourrait peut-être…

— Je vous déconseille d'essayer, déclara-t-il en lui saisissant le bras pour l'entraîner vers l'ascenseur.

Sans échanger un mot, ils regardèrent défiler les numéros des étages, puis les portes coulissèrent en silence, et un couple âgé sortit de la cabine avant de s'immobiliser aussitôt.

— Tout va bien ? demanda la vieille dame à Marit, l'air sincèrement inquiet.

La question la prit de court. Personne ne s'était soucié de savoir ce qu'elle éprouvait depuis le changement qui avait fait basculer sa vie.

La compassion qui se lisait dans les yeux bruns de la vieille dame émut si profondément Marit qu'elle faillit fondre en larmes, avant de sentir un bras musclé l'attirer contre le torse non moins musclé de Lykos, la tenant si étroitement enlacée qu'elle en eut le souffle coupé.

— C'est tellement triste, soupira-t-il. Plaquée le matin même de son mariage…

Le vieux monsieur et la vieille dame laissèrent échapper une exclamation scandalisée, avant de s'écarter pour les laisser entrer dans la cabine.

Exaspérée, Marit serra les mâchoires tandis que Lykos passait sa carte sur le lecteur et sélectionnait le dernier étage.

— À mon avis, la robe y est pour beaucoup, ajouta-t-il à l'adresse du couple, juste avant la fermeture des portes.

2.

Lykos avait raison, pour sa robe, mais Marit ne supportait pas qu'il se permette de la critiquer.

C'était sa robe de mariée ! Ou du moins cela aurait dû l'être s'il n'était pas apparu tout à coup, avant de la balancer sur son épaule comme un vulgaire paquet et de l'enlever. L'ascension lui parut interminable. Elle fulminait, sa colère augmentant au fur et à mesure que les étages se succédaient, alors que de son côté Lykos avait l'air détendu et très content de lui.

Les portes s'ouvrirent enfin, donnant directement accès à un appartement d'un luxe inouï. Au cours de sa vie, Marit avait eu l'occasion de se rendre dans des endroits incroyables avec sa famille, notamment lors de voyages diplomatiques, mais cet espace dégageait une sophistication et un raffinement qui en disaient long sur son propriétaire.

— Vous vivez ici, dit-elle en voyant Lykos s'avancer dans l'immense salon de sa démarche souple et féline.

— De temps en temps, lança-t-il par-dessus son épaule en tirant sur ses boutons de manchette l'un après l'autre d'un geste brusque.

Arrogant. Riche. Superbe et très viril. Comme en témoignait cet appartement.

— Vous ne faites pas partie des services de sécurité du palais, n'est-ce pas ?

Marit connaissait déjà la réponse. Cet homme, ce Lykos Livas, ne ressemblait en rien à un agent de sécurité.

— Non, se contenta-t-il de répondre.

La peur s'engouffra en elle. Toutes sortes de pensées anxiogènes se bousculèrent dans son esprit. Était-il seulement envoyé par son frère ? Travaillait-il pour une entreprise étrangère douteuse espérant profiter de la récente accession au pouvoir d'Aleksander ? Paniquée, elle balaya l'espace du regard pour repérer les éventuelles issues.

Lykos soupira, et, comme s'il avait lu dans ses pensées, dit d'un ton laconique :

— Inutile de paniquer, princesse. Et je vous informe que l'appartement est insonorisé, au cas où l'envie vous prendrait d'appeler au secours.

Ah, il le prenait comme ça ? Eh bien, il ne l'avait pas encore entendue crier…

— Adagio.

— Pardon ? fit Marit, suffoquée.

— Aleksander m'a communiqué votre mot de passe. Le nom de votre hamster, vous aviez cinq ans. L'aviez-vous choisi par ironie ou parce qu'il était rapide ?

Il haussa les sourcils, l'air stupéfait d'avoir prononcé ces paroles.

— Votre mot de passe, répéta-t-il avec une patience exagérée.

La prenait-il pour une demeurée ? Une gamine de cinq ans ?

— Il me l'a donné pour que vous sachiez que j'étais bien envoyé par lui.

Marit serra les lèvres mais continua de le foudroyer du regard… Seul son frère et les responsables des services de sécurité connaissaient son mot de passe. Mais un responsable pouvait avait vendu l'information. Oui, mais qui voudrait se servir d'elle, la benjamine, pour faire chanter le roi de Svardia ? À moins que quelqu'un n'ait découvert la situation de Freya…

— OK, arrêtez d'imaginer des scénarios abracadabrants. Je vous entends d'ici.

Lykos soupira.

— Regardez, reprit-il en lui tendant son smartphone.

Marit le prit et vit s'afficher le visage de son frère sur l'écran. C'était une vidéo. Elle appuya sur « Play » tout en remarquant que l'appareil avait conservé la chaleur de la main de Lykos.

« Marit, j'ai confiance en Lykos. Tu peux te fier à lui. Il te ramènera au palais et nous étudierons la situation ensemble. En attendant, reste tranquille. Et n'épouse personne ! »

Elle se sentit mal. Et affreusement coupable. Aleksander avait les yeux cernés, il paraissait épuisé et il avait beau plaisanter à moitié, elle devinait son irritation. En tant que nouveau monarque, il portait de très lourdes responsabilités et était en plus inquiet pour ses sœurs.

Son seul but était de la protéger, comprit Marit. Or elle ne voulait vraiment pas lui causer de problèmes. Encore moins à Freya. Au sortir de l'adolescence, Aleksander avait soudain perdu tout humour et toute gaieté, mais il exercerait son pouvoir avec équité et droiture, et il ferait de son mieux pour leur pays. Toujours. De son côté, elle avait seulement voulu… commencer sa nouvelle vie avec un ami auprès d'elle. Un ami qui serait là rien que pour elle. Mais maintenant…

Elle hocha la tête et rendit le téléphone à Lykos. Il avait regardé la vidéo, évidemment, et il la voyait comme une princesse gâtée et capricieuse, irrespectueuse de ses devoirs.

Incapable de soutenir son regard, elle tourna les yeux vers les larges portes-fenêtres qui donnaient sur une magnifique terrasse surplombant les toits de Paris.

C'était terminé. Elle n'avait plus qu'à rentrer à Svardia. Les battements de son cœur s'accélérèrent. Que savait-elle des devoirs et fonctions que sa sœur remplissait brillamment et sans effort ? Freya était la grâce et la sophistication incarnées. Alors que Marit était maladroite et, dans les moments de stress, commettait toujours des bévues. Les seuls moments où elle avait l'impression d'avoir autant, ou presque autant, d'assurance que Freya, c'était quand elle jouait du piano. Comment réussirait-elle à assumer son nouveau rôle, sachant qu'elle ne serait jamais l'égale de sa sœur ?

Un arôme de café la fit revenir au présent, à Paris, chez l'homme troublant qui la ramènerait bientôt à ses devoirs et à sa nouvelle vie.

— Comment avez-vous connu mon frère ? demanda-t-elle sans se retourner.

— Les affaires, répondit-il brièvement en se déplaçant dans le vaste espace.

Marit promena son regard sur les grands bacs en acier patiné couleur rouille contenant des palmiers immenses, aperçut un brasero, des fauteuils, une chaise longue assez spacieuse pour accueillir deux personnes… Des images torrides surgirent dans son esprit. Marit se retourna, mais la vue du salon immense n'apaisa en rien son trouble. Cuir, fourrure, lin et soie naturelle, de toutes les nuances de gris et de beige… Acajou et acier noir… Si agréables au toucher …

Ces pensées lui étaient inspirées par le décor, naturellement. Pas par l'homme qui avait choisi cet environnement. Elle se souvint de la sensation de la grande main chaude sur ses…

— Café ?

— Oui, répondit-elle, trop vite.

Comment avait-elle pu semer une telle pagaille en étant aussi transparente ? s'interrogea Lykos en voyant le regard de la princesse passer des fenêtres aux portes de l'ascenseur.

— Les affaires ? répéta-t-elle en plissant le front.

— Oui.

— Lesquelles comprennent accessoirement enlèvement et chantage ?

— Qui a parlé de chantage ?

— Vous obtiendrez quelque chose en échange, non ?

— En effet, princesse. Dans le monde réel, cela s'appelle un paiement.

Lykos regretta aussitôt ses paroles. Il n'avait pas une très haute opinion des princesses gâtées fuyant de surcroît leurs devoirs, certes, mais ce n'était pas une raison pour se montrer impoli avec Marit. Il lui tendit la tasse de café préparé pour elle puis attendit qu'elle se décide à le regarder. Et quand elle soutint enfin son regard sans ciller – remontant ainsi d'un cran dans son estime –, il n'oublia pas pour autant que la princesse Marit de Svardia n'avait absolument aucune notion du monde réel et de son fonctionnement.

— Je le prends…

— Avec du lait et deux morceaux de sucre ?

— Comment… ?

— Pur hasard, l'interrompit-il.

Sur ces mots, il se détourna pour préparer son propre café, noir, corsé et sans sucre. Comment l'avait-il deviné ? Parce qu'elle était douce et gâtée, voilà.

— Alors, quel est le tarif en vigueur, pour l'enlèvement d'une princesse ?

— Un certain nombre d'actions d'une compagnie pétrolière.

— Laquelle ?

— C'est important ? demanda-t-il en se retournant.

Elle l'observa un instant en silence.

— Ça l'est pour vous, manifestement.

Lykos tressaillit. Elle lisait en lui… comme Theron. Il ignora la sensation désagréable qui le parcourut, préférant se concentrer sur le petit sourire en coin de la princesse – et la belle bouche aux lèvres pleines. Lorsqu'il leva les yeux et croisa son regard, elle rosit, et Lykos ne put s'empêcher de penser qu'elle avait fait la même chose que lui. Comme s'il avait senti la caresse des yeux noisette sur ses propres lèvres.

— Kozlov Industries, répondit-il d'un ton neutre.

Relevant légèrement ses jupes d'une main et tenant haut sa tasse de l'autre pour ne pas renverser de café, elle se casa précautionneusement dans un large fauteuil et regarda tranquillement Lykos.

Elle attendait qu'il lui donne de plus amples explications, comprit-il, interloqué. S'intéressait-elle vraiment à ce genre de sujet ?

— C'est une compagnie pétrolière, avez-vous dit ?

Lykos pinça les lèvres. En quoi cela pouvait-il l'intéresser, bon sang ?

— Qu'y a-t-il ? fit-elle, l'air faussement ingénu. J'aimerais seulement savoir ce que je vaux pour vous. Cela vous dérange ?

« Ce que je vaux pour vous. » La formulation lui déplut.

— Vous ne valez pas le mal de tête carabiné que je sens venir, en tout cas.

— Répondez à ma question et je vous laisserai tranquille.

— J'en doute, répliqua-t-il en pressant un doigt sur sa tempe.

Car il ne plaisantait pas. Il sentait réellement poindre la migraine. Mais quand il contempla les flots d'écume blanche débordant du fauteuil, la longue chevelure blond doré caressant les épaules rondes à la peau claire, le beau visage au teint de lis, les yeux noisette où scintillaient les éclats de jade, il ne trouva plus de raisons de lui refuser un minimum d'explications.

— Kozlov est un oligarque russe qui a le défaut d'être un peu trop gourmand. Et de fourrer son nez dans ce qui ne le regarde pas.

Il avala son expresso d'un trait et reposa sa tasse à côté de la machine en repensant à la première fois où il avait rencontré Kozlov, trois ans plus tôt. Le salaud envisageait tout bonnement de racheter la concurrence, puis de démanteler les entreprises concernées, de les détruire complètement, supprimant ainsi des milliers d'emplois – et de moyens de subsistance. Cet individu était dépourvu de toute morale, de toute conscience, et par conséquent dangereux. Lykos avait connu quantité d'hommes mauvais. Mais lui n'était pas seulement mauvais, il se délectait de la misère des autres.

— Vous ne l'aimez pas ?

— Non, vraiment pas ! s'exclama Lykos avec un rire amer.

Kozlov était un tyran doublé d'un snob qui, surpris de voir que Lykos n'était pas anéanti par les rumeurs abjectes, ni par les manœuvres commerciales qu'il avait initiées contre lui, avait voulu frapper encore plus fort. Or, non seulement Lykos ne s'était pas retrouvé à terre, mais il poussait Kozlov dans ses retranchements – et celui-ci commençait à perdre pied.

Il lui avait fallu des années de travail pour acquérir une petite partie des actions de Kozlov Industries. Sociétés écrans, négociations secrètes avec des PD-G au bord de la faillite qui, dans un ultime sursaut, se ralliaient à Lykos pour se venger du requin naviguant dans les eaux troubles des marchés boursiers du monde entier. Mais Kozlov avait fini par comprendre le manège et bloquer toutes les tentatives de Lykos visant à agrandir son portefeuille d'actions.

Jusqu'à ce que Lykos découvre l'identité de l'actionnaire majoritaire.

— Mais votre frère possède des actions de son entreprise phare.

— Comment cela se fait-il ?

— J'ai entendu parler d'une partie de poker.

Sans cela, Kozlov ne se serait jamais départi de ses précieuses actions.

— Mon frère ne joue pas au poker, répliqua Marit avec un petit sourire moqueur.

Elle ne le croyait pas, mais Lykos l'avait vu de ses propres yeux : le nouveau roi de Svardia excellait au poker.

— J'ai dû mal comprendre, dit-il, franchement ironique. Mais peu importe, je vous rends à votre frère, célibataire, et en échange il me cède ses actions de Kozlov Industries.

Une fois qu'il serait en possession de ces actions en plus des siennes, il serait enfin en mesure de virer l'oligarque de sa propre compagnie.

Kozlov ne s'en remettrait jamais.

Vous voulez lui prendre sa société ? À ce Kozlov ? Pourquoi ?

Décidément, la princesse était loin d'être stupide.

Lykos s'avança vers le fauteuil, posa les mains sur les bras en acajou et se pencha vers elle. Les pépites dorées étincelèrent.

Parce que cet homme est mauvais. C'est tout ce que vous avez besoin de savoir, princesse.

D'aussi près, il voyait la courbe des longs cils, les délicates taches de rousseur parsemant le petit nez fin et les hautes pommettes, le dessin parfait des lèvres sensuelles.

Il se redressa, alerté par les éclats de jade qu'il vit comme un avertissement.

Vingt-deux ans. Elle n'a que vingt-deux ans.

Dégoûté par lui-même et par la situation dans son ensemble, Lykos se détourna et quitta la pièce.

Marit resta un long moment à fixer la porte en battant des cils pour tâcher de se débarrasser de la vision du visage de Lykos tout proche du sien. Quand il avait parlé de Kozlov, une détermination farouche avait empreint ses traits, mais ce n'était rien comparé à l'éclat qui avait ensuite embrasé les magnifiques yeux gris argenté.

Elle avait partagé ce qu'il pensait, éprouvait. Cela avait été comme s'il avait tendu la main et l'avait touchée, et que, en réponse à ce geste, son propre cœur avait voulu jaillir de sa poitrine.

Lykos l'avait compris et était parti.

Un embarras sans nom s'empara de Marit.

— Lykos ? appela-t-elle, la voix légèrement tremblante.

— Je téléphone à votre frère, et ensuite je prends une douche, cria-t-il à travers la porte par laquelle il avait disparu.

Elle tourna les yeux vers l'ascenseur.

— Pour l'ascenseur, il faut un passe que je garde sur moi.

Exaspérée, Marit foudroya la porte du regard mais ne s'en sentit pas mieux pour autant. Se levant, elle se mit à faire les cent pas dans le vaste espace lumineux. Imaginer Lykos parlant avec son frère lui causait une douleur physique. Sans s'arrêter, elle se massa doucement le sternum pour se débarrasser de la tension qui lui étreignait la poitrine.

Aleksander comprendrait son attitude. Il comprendrait pourquoi elle avait voulu choisir son mari. Il le comprendrait forcément. Il savait comment elle avait grandi. Il avait, comme Freya, essayé d'attirer l'attention de leurs parents sur leur petite sœur et obtenu l'effet inverse. Tout excitée, Marit était devenue trop zélée, faisait tout trop vite et renversait immanquablement quelque chose, ou disait n'importe quoi, des choses absurdes, ne faisant qu'irriter à chaque fois ses parents. Finalement, la situation était devenue si pénible pour tout le monde que son frère et sa sœur avaient cessé d'intervenir, et Marit renoncé à essayer de les impressionner. Elle s'était sentie mise à l'écart, séparée de la famille, et s'était promis de ne plus jamais éprouver un tel sentiment d'abandon.

Elle refoula les émotions qui menaçaient de la submerger et se raisonna. Puisque Lykos appelait son frère, elle pourrait peut-être lui parler, essuyer ses critiques et ses reproches, et ensuite, elle aurait la paix.

Lentement, Marit s'avança vers la porte empruntée par Lykos et longea bientôt un couloir aux murs blancs conduisant à une autre porte en noyer satiné légèrement entrebâillée. Elle se rapprocha sans faire de bruit et tendit l'oreille.

— Oui, je sais, dit Lykos. Mais elle est chez moi, maintenant.

— Et André ? demanda la voix de son frère dans le haut-parleur.

Incapable de résister, elle regarda par l'entrebâillement de la porte et vit Lykos arpenter une vaste chambre en ôtant ses boutons de manchettes.

— Rien à craindre de ce côté-là.

— Vous en êtes certain ?

— Oui, répondit Lykos avec un petit rire étouffé.

Marit rougit. André n'avait rien fait pour arrêter Lykos. Elle pouvait le comprendre, mais son attitude la blessait profondément, parce qu'elle en ravivait une autre, plus profonde encore. Refoulant le souvenir du moment où André avait laissé partir Lykos sans prononcer un mot, elle regarda celui-ci déboutonner rapidement sa chemise et retint son souffle quand il s'en débarrassa en un tournemain.

Le cœur lui martelant les côtes, elle promena son regard sur les pectoraux parfaits jouant sous la peau hâlée. Lykos était mince mais avait un corps d'athlète. Larges épaules et hanches étroites, fine toison brune recouvrant le haut de sa poitrine… Un frisson parcourut Marit, ses doigts frémirent. Un désir absurde la saisit de caresser cette peau brunie par le soleil, de…

— Et Marit ? Comment va-t-elle ?

Elle tressaillit, surprise d'entendre de l'inquiétude colorer la voix de son frère. Cela faisait des années qu'ils s'étaient éloignés. Et son accession au trône n'avait pas amélioré la situation.

De son côté, Lykos était immobile, les mains posées sur sa ceinture, et fixait le téléphone en fronçant les sourcils, comme s'il ne savait pas quoi répondre à Aleksander.

Quand il tourna soudain les yeux vers la porte, Marit s'aplatit contre le mur, le cœur battant à tout rompre.

— Elle… Elle va bien.

Marit entendit un petit claquement et comprit qu'il avait fait glisser sa ceinture hors des passants.

— J'ai besoin que vous la gardiez avec vous, Lykos.

— Pardon ?

Quoi ?

— Seulement pour la semaine.

— Toute la semaine ? Aleksander…

— Je vous expliquerai plus tard.

— Je ne veux pas de votre sœur.

Le ton brutal et catégorique fit à Marit l'effet d'un coup en pleine poitrine.

— Vous ne voudriez pas qu'un roi vous supplie.

C'était moins une question qu'une affirmation.

— Il faudra m'offrir beaucoup, répliqua Lykos sur le même ton.

Un goût de nausée lui monta aux lèvres.

Il ne voulait pas d'elle.

— Dites ce que vous voulez et vous l'obtiendrez. J'y veillerai personnellement.

Atterrée, Marit se laissa glisser contre le mur et s'assit sur ses talons. Personne ne voulait d'elle.

Mais pourquoi était-elle surprise ? Cela faisait longtemps qu'elle le savait. Elle avait été l'enfant excédentaire et n'avait pas reçu la même éducation que ses deux aînés. Elle n'avait pas été traitée de la même façon, ni désirée comme eux. Ni aimée. Elle était invisible quasiment depuis toujours. Même encore maintenant, on ne voulait pas d'elle. Elle n'était qu'un pis-aller.

— Que souhaitez-vous que je fasse avec elle pendant une semaine ?

— Seulement que vous… la gardiez près de vous, loin de Svardia, et que vous veilliez à ce qu'elle ne s'attire pas d'ennuis.

Marit se mordit la lèvre jusqu'au sang. S'il croyait que la princesse rebelle allait se transformer en princesse docile…

— C'est une princesse, soupira Lykos. Comment pourrait-elle s'attirer des ennuis ?

Le pauvre. Il n'avait pas idée…

L'eau glacée ruissela sur sa peau, lui donnant la chair de poule. Lykos respira par le nez et tâcha de se calmer. D'un côté, il en voulait à Aleksander de l'encombrer d'une princesse gâtée, de l'autre il ne comprenait pas qu'un frère puisse négliger sa petite sœur à ce point.

Et il s'en voulait à lui-même de réagir ainsi à la proximité de la princesse en question.

C'était absurde. Marit n'était pas du tout son type. Ses goûts le portaient sur des brunes de son âge ou plus âgées, sophistiquées et aussi réfractaires que lui aux relations à long terme. Marit était… Il poussa un juron. Elle avait presque dix ans de moins que lui ! En outre, pas besoin d'être un devin pour savoir qu'elle était innocente. La façon dont elle l'avait regardé, quand il l'avait attirée vers lui pour l'extirper du cabriolet… Il n'y avait rien d'artificiel ou de simulé dans les réactions de la jeune femme à son égard.

Lykos ferma le robinet et se retourna pour saisir une serviette avec laquelle il se frictionna vigoureusement, résolu à reprendre le contrôle de sa libido. Puis il s'enroula une serviette sèche autour des hanches et regagna sa chambre, avant de s'immobiliser aussitôt.

Durant toute son enfance, il avait vécu en permanence sur le qui-vive. D'abord à cause des poings de son père, puis, à l'orphelinat, pour se protéger des petits caïds qui faisaient régner la terreur. Il en avait conservé une perception aiguë de tout ce qui l'entourait, notamment de ses biens personnels.

Il n'avait pas laissé son pantalon sur le lit. La main agrippée à la serviette, il parcourut l'appartement et eut la confirmation de ce qu'il savait déjà.

Marit était partie.

Le sac fourre-tout posé sur le parquet, à côté du sofa, avait disparu, remplacé par une robe de mariée. Lykos la contourna comme s'il s'agissait d'un animal dangereux. Il imagina la princesse laissant tomber les flots de tulle autour de ses pieds et les enjambant… Image qui entraîna des visions plus érotiques les unes que les autres, d'escarpins argentés, de chevilles délicates, de mollets fins et galbés, d'une taille qu'il brûlait d'entourer de ses mains…

Ce qui ne changeait rien au fait que la princesse courait en liberté dans Paris, et qu'il devait la retrouver. Rapidement. Lykos retourna dans sa chambre, laissa tomber la serviette, puis s'habilla en un clin d'œil en se remémorant tout ce qu'il savait sur la princesse – dont il avait grandement sous-estimé le côté rebelle. Mais il n'avait perdu que la première manche. Le jeu n'était pas terminé. À la fin, elle serait bien forcée d'admettre que c'était elle qui l'avait sous-estimé et comprendrait qu'il était prêt à tout pour mériter la rétribution promise par Aleksander.

Il examina le contenu de son dressing et identifia ce qui manquait : un pantalon noir à la coupe fuselée, une chemise blanche et une ceinture fine en cuir noir. Il tira sur une manchette, glissa la tige en or dans la boutonnière, tira la seconde… Puis il souleva la veste de costume posée sur le dossier d'une chaise et ferma les yeux.

La veste était plus légère que de coutume…

Lykos la reposa brutalement sur le dossier et se pinça l'arête du nez.

Non, il n'arrivait pas à y croire.

Lui, autrefois le pickpocket le plus rusé d'Athènes, il venait de se faire voler son portefeuille.

Par une princesse.

3.

Marit se retourna pour jeter un coup d'œil par la vitre arrière du taxi qui se dirigeait vers la gare de Lyon. Lorsque le chauffeur avait démarré, elle s'était à moitié attendue à voir Lykos sortir en courant de l'immeuble.

Encore un peu et elle regretterait qu'il ne se lance pas à sa poursuite… s'avoua-t-elle en se rappuyant au dossier de la banquette. Elle glissa la main dans son sac et en sortit le portefeuille en cuir brun foncé chipé dans la poche de la veste de Lykos. Si elle avait su conduire, elle aurait pris aussi sa voiture. Après un instant d'hésitation, elle avait jeté la clé du haut du balcon. En vérité, elle aurait bien aimé voir la tête de Lykos quand il se rendrait compte qu'elle s'était envolée avec son portefeuille et ne trouverait pas sa clé de voiture.

Le regard du chauffeur croisa furtivement le sien dans le rétroviseur, curieux, voire inquisiteur. Marit tourna les yeux vers la vitre. Impossible de s'enfuir en robe de mariée… Elle avait replié le bas des jambes du pantalon, serré la ceinture au maximum et, dans sa chemise… *over size*, elle avait une allure chic et décontractée. Enfin, presque.

Le portefeuille contenait quatre cents euros en liquide, mais aucune carte de crédit. Étrange, et en même temps conforme à l'image qu'elle s'était faite de Lykos qui aimait manifestement faire le contraire de ce que l'on attendait de lui. Elle examina chacun des petits compartiments.

Aucune photo, aucun ticket de caisse. Elle sortit le permis de conduire et contempla la photo en noir et blanc de Lykos Livas, fronçant les sourcils d'un air ténébreux et arrogant. Comment pouvait-elle le trouver aussi déplaisant et en même temps aussi… attirant ? Aucun homme ne lui avait jamais fait cet effet.

Quand elle remit le portefeuille dans son sac posé à côté de ses pieds, Marit aperçut son passeport. À l'inverse de son frère et de sa sœur, elle avait joui d'une grande liberté jusqu'à tout récemment, si bien qu'elle avait pu le conserver au lieu de le remettre à un responsable de la sécurité. Tout cela changerait lorsqu'elle prendrait la place de Freya, bien sûr. Mesures de sécurité renforcées, journées planifiées à la seconde près, discours, manifestations publiques… Rien que d'y penser, elle sentit de la sueur perler à son front.

Le feu passa au vert, la gare de Lyon paraissait maintenant toute proche mais si loin encore… Et la circulation était si dense… Elle tourna de nouveau les yeux vers la vitre arrière, paniquée. Lykos était capable de tout…

— Arrêtez-vous ici, s'il vous plaît, dit-elle au chauffeur.

Il s'arrêta au bord du trottoir. Marit régla la course et descendit précipitamment du véhicule sans attendre sa monnaie. Puis, remontant la poignée de son sac sur son épaule, elle s'élança presque en courant vers la gare. Elle baissa les yeux sur sa montre : il lui restait à peine un quart d'heure pour acheter son billet et embarquer à bord du prochain train en partance pour Milan.

Lykos appellerait-il Aleksander pour lui raconter qu'elle s'était enfuie ou essaierait-il d'abord de la retrouver ?

« J'ai besoin que vous la gardiez avec vous. »

« Je ne veux pas d'elle. »

Les mots tournant en boucle dans son esprit, elle entra dans le hall et repéra le tableau des départs. Son train était à l'heure. Elle se précipita vers la billetterie. Non, elle ne fuyait pas. Elle rentrerait à Svardia. Mais... pas maintenant.

Marit ne se faisait aucune illusion concernant son avenir. Mais avant de s'y engager pour toujours, elle voulait disposer d'un peu de temps. Faire une partie des choses qu'elle avait cru avoir le loisir de faire, vivre un peu de ce qu'elle désirait vivre, avant que son existence ne soit remplie d'obligations, de contraintes, d'inconnus, de devoirs royaux... Avant qu'elle ne se retrouve avec un mari et des enfants qu'elle ne se sentait pas prête à avoir.

Elle tambourina sur la tablette métallique du guichet en attendant que l'employé lui remette son billet et baissa les yeux sur sa montre. Plus que cinq minutes.

Lykos sortit du taxi et s'arrêta devant l'entrée. Pourquoi la gare de Lyon ? Parce que, à la place de Marit, c'était là qu'il serait venu. Et parce qu'il avait suivi son intuition, à laquelle il se fiait depuis son adolescence. Elle était là. Ne restait plus qu'à deviner quelle destination elle avait choisie.

Il tira sur ses boutons de manchette et la maudit encore une fois. Il l'avait fait en premier lieu en apercevant la clé – qu'il avait perdu plusieurs minutes à chercher en vain –, sur le trottoir, devant l'immeuble, inutilisable, bien sûr. Lykos détestait le gaspillage – de temps et d'argent. Et l'attitude de Marit ne faisait que confirmer qu'elle ignorait complètement la valeur des choses matérielles.

Quand il s'avança dans l'immense hall, le bruit de centaines voire de milliers de voix l'assourdit, et soudain il fut gagné par une sensation de malaise. Un vieux réflexe lui revint et, d'instinct, il promena son regard sur la marée humaine pour y repérer des cibles, ainsi que son père le lui avait appris. Il en repéra plusieurs en un clin d'œil. Un riche homme d'affaires exhibant délibérément sa Rolex en or pour épater la vendeuse qui lui tendait le journal qu'il venait d'acheter. Le type en costume blanc levant les yeux au ciel parce que sa compagne hésitait trop longtemps entre deux magazines. La femme en vêtements de créateur réprimandant son fils adolescent pendant que sa fille faisait des grimaces à son frère dans le dos de leur mère.

Lykos fit rouler ses épaules pour se débarrasser de la sensation de malaise. À sept ans, il avait récolté trois gros portefeuilles bien remplis, et une gifle retentissante pour avoir laissé échapper la cible la plus facile. La dame aux cheveux gris se déplaçant avec un déambulateur, son sac à moitié ouvert accroché à la poignée, tandis qu'elle sortait de son porte-monnaie des menues pièces et les comptait avec soin.

Il leva les yeux vers le tableau des départs. Genève, Lausanne, Zurich, Gérone et Barcelone, Turin et Milan…

Marit trouva sa place, côté fenêtre, et se glissa dans le fauteuil en essayant de se faire toute petite, convaincue que Lykos allait grimper à bord du train à la dernière minute et la forcer à en descendre.

Une voix annonça le départ imminent. Osant à peine respirer, elle posa son sac dans le fauteuil voisin resté libre, espérant ainsi dissuader quiconque de s'y installer. De longs bips retentirent, signalant la fermeture des portes. Elle ferma les yeux, retint son souffle et fit une prière.

S'il vous plaît. Accordez-moi seulement ce dernier souhait. Ensuite, je remplirai mon devoir, je le promets.

Le TGV démarra. Son cœur fit un bond. L'adrénaline fusa dans ses veines. Elle avait gagné. Quant à Lykos Livas, il ne devait pas être bon joueur…

Maintenant que le train roulait, elle pouvait se détendre un peu et réfléchir à ce qu'elle ferait une fois arrivée à

Milan. Sortant son lecteur MP3 de son sac, Marit mit les écouteurs et appuya sur « Play ». L'une de ses chansons préférées coula bientôt en elle, familière et apaisante.

Cela faisait des années qu'elle désirait aller au Sforzando, endroit réputé comme étant le meilleur club de blues de toute l'Italie. On lui avait accordé beaucoup de liberté, mais dans certaines limites.

« Ne sois pas ridicule, Marit. Une princesse ne peut pas être vue dans un club de blues. »

« Pas de problème pour les leçons de piano, à condition de ne pas sortir du répertoire classique. Mais la guitare, c'est absolument hors de question. »

« Un master de musique ? Tu n'y penses pas, Marit ! »

La souffrance rejaillit en elle. Ses parents – et même son frère et sa sœur – n'avaient jamais compris qu'il ne s'agissait pas seulement de musique, et que ce n'était pas chez elle un besoin de rébellion. C'était tellement plus que cela. La musique avait été son échappatoire. Une façon d'exprimer les émotions et les sentiments qu'elle était incapable de traduire en mots. Un exutoire à sa colère avant même qu'elle ne sache que c'était de la colère, au sentiment de perte, avant même qu'elle se rende compte qu'elle souffrait d'un tel sentiment. Et enfin, l'expression d'un désir intime et vital.

Marit regarda les immeubles défiler derrière la vitre au son du rythme envoûtant de la guitare. Sentant soudain une présence dans le couloir, à côté du fauteuil sur lequel elle avait posé son sac, elle fronça les sourcils. Il n'y avait pas d'autre place ? Elle souleva ses affaires et se tourna carrément vers la vitre, ignorant délibérément le passager qui s'asseyait à côté d'elle et avait du mal à caser ses longues jambes…

Au moment où la chanteuse à la voix rauque se lamentait de ne plus retrouver le chemin de sa maison, une sensation étrange traversa Marit. Un violent frisson la parcourut, tout son corps se raidit. Lentement, elle se retourna et vit Lykos la regarder en haussant un sourcil.

Oh non !

Elle ôta les écouteurs de ses oreilles d'un geste brusque et, l'espace d'un instant, Lykos fut distrait par la roseur envahissant les joues à la peau claire et accentuant la nuance dorée des taches de rousseur.

— Bonjour, princesse, dit-il en appuyant tranquillement sa nuque à l'appuie-tête.

En réalité, son pouls battait encore à cent à l'heure à cause du sprint piqué pour grimper à bord juste avant la fermeture des portières. S'il n'avait pas aperçu du coin de l'œil le blond si particulier des cheveux de Marit alors qu'il prenait l'escalier mécanique en sens inverse, il l'aurait ratée, et elle serait partie sans lui.

À en juger par l'air furieux de la princesse, elle ne se rendait pas compte qu'elle avait failli lui échapper.

— Comment m'avez-vous retrouvée ?

— Je suis très doué.

Elle le regarda en étrécissant les yeux.

— Vous avez eu de la chance, c'est tout.

Au fil des années, Lykos avait eu régulièrement droit à cette observation. Elle lui avait été lancée entre autres avec un accent russe. Mais à chaque fois, on sous-estimait la détermination et la force qui le poussaient en avant, loin, toujours plus loin de la saleté des rues d'Athènes.

Il avait réussi. Elles étaient désormais derrière lui.

— La chance, c'est ce qu'on en fait.

La devise de son père avait jailli malgré lui, réveillant les vieilles blessures. Comme pour lui rappeler sournoisement que son passé était toujours là.

— Pourquoi êtes-vous partie ? demanda-t-il, désireux de chasser les vieux fantômes. Et notre trêve ?

— Je voulais avoir… du temps libre… avant de rentrer à Svardia. Je me suis dit que je pourrais voyager un peu.

Et voilà. Elle avait surpris son échange avec Aleksander et l'avait entendu dire qu'il ne voulait pas d'elle.

Sur le moment, c'était vrai, mais la réalité était toujours plus complexe. Aucune femme n'aurait aimé entendre ces mots, qu'ils soient justifiés ou non. Mais au lieu de fondre en larmes ou de se retrancher dans le silence, Marit s'était servie dans son dressing, avait dérobé son portefeuille, jeté sa clé de voiture, et réussi à prendre un train pour Milan. Encore un peu, elle l'aurait impressionné.

Lykos la regarda du coin de l'œil. La tête tournée vers la vitre, la rivière de cheveux blond doré repoussée derrière l'oreille où elle avait remis l'écouteur, elle semblait totalement captivée par la musique dont il n'entendait qu'un faible écho. Sa joue était plus pleine que celles des superbes brunes qu'il fréquentait habituellement, trahissant une douceur en contradiction avec le feu qui couvait en elle. La dualité de sa nature lui plaisait, même s'il en avait fait les frais. Cependant, il était hors de question qu'il se laisse à nouveau rouler. Kozlov devait payer, et sans les actions d'Aleksander, impossible de faire tomber ce salaud.

Lorsque Marit frissonna soudain, il sentit les tremblements se propager en lui et fronça les sourcils en prenant conscience qu'ils étaient tout proches.

— Pourquoi ne pas avoir acheté un billet de première ?

— Pour économiser un peu d'argent, répondit-elle avec un haussement d'épaules.

— Pour économiser ? Parce qu'une princesse sait ce que ça veut dire ? répliqua-t-il d'un ton ironique.

— Parfaitement ! rétorqua-t-elle en tournant vivement la tête vers lui.

Un éclat doré traversa les yeux noisette tandis qu'à son tour elle pouvait sentir à quel point ils étaient proches l'un de l'autre. Sa virilité réagit au quart de tour, évidemment, prenant Lykos de court et l'empêchant de répliquer.

— Vous ne me croyez pas ? lança-t-elle, se méprenant sur la cause de son silence. Vous croyez que c'est facile pour une princesse de chercher et de trouver un boulot d'été ? Vous ne vous êtes jamais demandé pourquoi nous n'avons pas de sac à main ? Parce que nos portefeuilles et nos clés sont gardés par des agents de sécurité, figurez-vous. Vous me demandez pourquoi je n'ai pas pris un billet de première ? Parce que j'ai en tout et pour tout l'argent que je vous ai volé. Je voulais conserver le reste pour…

— Pour quoi faire, princesse ?

— Je m'appelle Marit, dit-elle sèchement. Pour m'acheter des vêtements, bien sûr. Pour quoi d'autre voulez-vous que j'aie besoin d'argent ?

Elle mentait. Et pourquoi éprouvait-il soudain une profonde affinité avec cette princesse ? Parce qu'elle se protégeait. Et que cela, il le comprenait et le respectait.

Au moment où elle détachait son regard du sien, il entendit un petit gargouillement caractéristique et ne put retenir un léger sourire.

— Vous voyez, si nous étions en première, le déjeuner nous aurait été…

Elle lui donna une tape sur le bras.

— On m'agresse ? fit-il, moqueur.

— Je me défends. J'ai été enlevée, répliqua-t-elle d'une voix rauque qui fit de drôles de choses à sa libido.

— Étant donné que vous vous êtes enfuie, il s'agit plutôt de… récupération.

— De récupération ? répéta-t-elle en plissant le front.

— Vous avez volé mon portefeuille, mes vêtements, et je ne me suis pas encore occupé de ma clé de voiture…

— Vous l'avez retrouvée ? l'interrompit-elle, préoccupée.

— Oui, oui, pas de problème, dit Lykos, fasciné de voir toute trace d'inquiétude s'effacer aussitôt.

— Si vous ne l'aviez pas retrouvée, cela aurait été bien fait pour vous, répliqua-t-elle sur un ton de réprimande.

— Sans doute, acquiesça-t-il.

Pourquoi la ménageait-il ainsi, bon sang ?

— Je vais tâcher de nous trouver quelque chose à manger, reprit Lykos en se levant.

Il se tourna vers elle.

— Princesse…

— Marit.

— Vous ne bougez pas d'ici, Marit. C'est bien compris ?

Marit resta immobile sur son siège, pas parce que Lykos lui avait interdit de bouger, mais à cause des sensations inconnues qui continuaient d'ondoyer en elle. La proximité de cet homme ténébreux au charme viril et sensuel, les effluves épicés de son eau de toilette…

« Je ne veux pas d'elle. »

Pour lui, elle n'était qu'un fardeau encombrant et elle…, elle fantasmait comme une idiote. Était-elle vouée à reproduire éternellement ce cycle infernal, à vouloir être appréciée, désirée par des êtres qui ne voulaient pas d'elle ? Un souvenir resurgit dans son esprit, celui du jour où, à cinq ans, elle avait demandé à Freya si elle était anormale, si c'était pour cela qu'elle n'avait pas le droit de participer aux leçons données par leurs parents.

Cette crainte n'avait fait qu'augmenter au cours des années. Marit ne savait pas pourquoi. Elle était seulement consciente que ce sentiment existait. Ses parents ne se montraient jamais affectueux avec leurs enfants, sauf devant les caméras, mais même dans ces moments-là, elle ne comptait pas autant que Freya et Aleksander. Pas jusqu'à maintenant, du moins.

Aujourd'hui, on avait besoin d'elle, mais elle n'était pas désirée pour autant. Elle n'était qu'un pis-aller.

Marit pinça les lèvres pour les empêcher de trembler. Elle ne devait pas l'oublier. Elle devait se rappeler où elle se trouvait et qui elle était. Lykos Livas agissait pour le compte de son frère et uniquement parce qu'il avait besoin des actions d'Aleksander. Il n'était pas là pour elle.

Lorsqu'il revint avec deux plateaux et se rassit à côté d'elle, Marit se focalisa de toutes ses forces sur la musique. Mais même ainsi, alors que la partie droite de son cerveau se concentrait sur les notes et la structure du morceau, la gauche s'évertuait à enregistrer tout ce qui concernait le milliardaire grec assis dans le fauteuil voisin.

Car Lykos était milliardaire, elle n'avait aucun doute là-dessus. Pas à cause de sa montre coûtant probablement une fortune, ni de ses vêtements taillés sur mesure. C'était son attitude, ce mélange d'irrévérence et de nonchalance que ne possédaient pas les courtisans ou les délégués internationaux, ni les étudiants de l'université suisse où ses parents l'avaient envoyée.

Sans la regarder, il posa un plateau sur sa tablette puis l'autre sur la sienne. Marit contempla le gobelet de café et le sachet en papier légèrement graisseux et eut l'impression d'être soumise à un test, tandis que de son côté Lykos dévorait sa viennoiserie avec appétit. À la différence des individus fortunés qu'elle avait eu l'occasion de rencontrer jusque-là, les hommes comme lui étaient aussi à l'aise dans un TGV en seconde que dans un hôtel cinq étoiles.

En vérité, elle prit soudain conscience qu'elle n'avait jamais rencontré d'homme comme Lykos Livas.

Elle contemplait toujours le sac en papier taché. Tout en elle se révoltait, brûlait de refuser ce qu'il avait acheté pour elle. Mais puisqu'il la croyait trop gâtée, trop choyée pour s'abaisser à manger le contenu de son sachet graisseux, elle allait lui démontrer qu'il se trompait.

Se tournant vers lui, Marit sortit la viennoiserie du sachet et mordit dedans à pleines dents. Puis elle renversa la tête en arrière pour prendre la plus grosse bouchée possible, sans détacher un instant son regard de celui de Lykos – qui continua de manger, mais en redoublant d'efforts pour s'empêcher de sourire.

— Vous avez l'air ridicule, finit-il par laisser tomber du bout des lèvres.

Et sans pouvoir réprimer un petit sourire en coin. Marit exulta. Incroyable ! Elle avait réussi à le faire sourire contre son gré ! Elle en fut d'autant plus ravie qu'elle pressentait qu'il ne souriait pas souvent.

— C'est vraiment bon, dit-elle, la bouche pleine, sans se soucier des petits morceaux de sucre glace et d'amandes grillées qui tombaient sur sa chemise.

Ou plus exactement, la chemise de Lykos.

— Taisez-vous et mangez votre petit déjeuner.

— Il est 15 heures !

— Une viennoiserie se prend toujours au petit déjeuner, décréta-t-il.

Elle s'interdit de rire.

Une fois qu'ils eurent terminé leur en-cas, une atmosphère étrange s'installa entre eux. Notamment lorsque Lykos se mit tout à coup à parler de château.

— Vous en avez un, n'est-ce pas ?

— La famille royale en possède plusieurs, oui…

— Il y en a un à vendre ?

— Non, désolée. Aucun.

Il parut fort déçu et, après avoir dit qu'il avait toujours rêvé de posséder un château, il appuya sa nuque au repose-tête, se tut puis ferma les yeux.

Marit ne savait pas trop s'il dormait. Il semblait conscient de tout ce qui se passait autour de lui. Mais elle ne se priva pas de le regarder. Il avait une petite cicatrice blanche juste à côté de la bouche, ce qui n'altérait en rien sa beauté. La lèvre supérieure était si pleine, si sensuelle, que Marit eut envie de la caresser du bout du pouce. Un léger creux marquait l'arête du nez, comme s'il avait reçu un coup au cours d'une bagarre. Le visage de Lykos racontait une histoire totalement différente de celle des individus fortunés qu'elle avait rencontrés au cours de sa vie.

— Pourquoi Milan ? demanda-t-il soudain en rouvrant les yeux.

Vu qu'elle avait ses écouteurs, elle aurait pu prétendre ne pas l'avoir entendu, mais cela aurait été puéril. D'autant que Lykos attendait sa réponse avec curiosité. Parce qu'il se demandait si elle allait lui mentir.

— Il y a là-bas un club réputé où je désire aller depuis longtemps.

Une lueur déçue traversa les yeux gris.

— Non, pas ce genre de club.

Il la dévisagea d'un air faussement innocent.

— À quel genre de club pensez-vous que je… ?

— Non ! Pas ce genre-là non plus ! s'exclama-t-elle en rougissant.

Lykos avait pensé à un club… libertin…

Un lent tremblement monta en elle. Marit serra les mâchoires pour se dominer. Mais Lykos dut percevoir sa réaction, car il demeura silencieux et totalement immobile.

— Qu'y a-t-il à Milan, Marit ? demanda-t-il avec calme.

— Un club de blues.

4.

La princesse avait de nouveau réussi à le surprendre. Elle ne manquait jamais une occasion de faire le contraire de ce à quoi Lykos s'attendait. Depuis l'instant où le train était arrivé à Milan et plus ils se rapprochaient de ce qui était, à entendre Marit, le club de blues le plus réputé d'Italie, voire d'Europe, la passion et l'enthousiasme illuminaient ses traits tandis qu'elle énumérait les noms des musiciens apparemment célèbres ayant joué au Sforzando, lieu mondialement connu et dont il avait forcément entendu parler, insista-t-elle.

Aleksander l'avait mis au courant des raisons pour lesquelles il voulait qu'elle rentre à Svardia, en lui faisant jurer de garder le secret concernant l'infertilité de la cadette de la famille, la princesse Freya. La présence de Marit devenait indispensable parce qu'elle devait prendre sa place au sein de la famille royale et devenir la deuxième dans l'ordre de succession au trône. Mais au lieu de se préparer à son nouveau rôle, elle s'était enfuie lâchement. Avant de filer à nouveau, alors que son frère l'avait confiée à Lykos. Et pour aller où ? Dans un club de blues.

D'une oreille, il continua de l'écouter comparer les qualités de diverses chanteuses de blues traditionnel et de jazz blues, tout en se demandant encore une fois comment il pouvait être attiré par une créature aussi fantasque et égoïste. Il couvait peut-être une grippe ?

Lykos connaissait par cœur les phénomènes de l'attirance et de l'excitation. Il était grec, en bonne santé et viril. Il aimait les femmes et le sexe, comme tout un chacun. Mais les blondes n'avaient jamais été son type. Ni les princesses. Et encore moins les jeunes femmes de vingt-deux ans n'en faisant qu'à leur tête.

Plongé dans ses pensées, il ne s'était pas aperçu qu'elle s'était arrêtée et, faisant halte à son tour, il se retourna et la vit immobile sur le trottoir, une dizaine de mètres en arrière et contemplant un immeuble avec une telle expression désolée qu'il la rejoignit en quelques pas et faillit l'attirer contre lui.

— Marit ? demanda-t-il, franchement inquiet.

Elle battit rapidement des cils pour refouler les larmes qui brillaient dans ses yeux, se mordit la lèvre puis déglutit et haussa une épaule.

— J'ai été vraiment stupide de venir ici sans…

Lykos leva à son tour les yeux sur la façade de l'immeuble. Il y avait bien eu là un bar, sur deux étages. La plupart des fenêtres étaient murées, les vitres des autres cassées. On lisait encore le nom du club, le Sforzando, mais deux lettres manquaient. Des lambeaux de vieilles affiches restaient collés aux murs par miracle, la pluie et la pollution ayant effacé inscriptions, photos, et dates de concerts.

Il se tourna vers Marit qui, l'air toujours aussi désolé, continuait de contempler les vestiges du club de blues pour lequel elle avait volé un portefeuille et fait le voyage de Paris à Milan en train. Et elle avait beau être une princesse gâtée, sa tristesse n'en était pas moins réelle.

— Marit, dit Lykos en tendant la main vers elle.

Mais au lieu de la prendre, elle secoua la tête et recula, puis détourna les yeux pour dissimuler sa détresse. Elle entrouvrit les lèvres mais aucun son n'en sortit. Elle était arrivée au bout de son combat et reconnaissait sa défaite, comprit Lykos.

Un taxi débouchant en haut de la rue, il le héla. Le véhicule ralentit avant de s'arrêter à leur hauteur, tandis que Lykos ouvrait la portière et poussait Marit à l'intérieur. Durant le trajet, il garda un œil sur elle, l'autre sur le chauffeur. Mais heureusement, celui-ci ne parut pas se douter qu'il transportait une passagère royale.

Quand il se gara devant l'entrée de L'Aranceto, Lykos consulta sa montre. 18 h 30. Le portier en livrée regarda le taxi, plissa le front, avant de sourire jusqu'aux oreilles en voyant Lykos descendre du véhicule.

— *Signor* Livas ! s'exclama-t-il en se précipitant à sa rencontre. Excusez-moi, nous ne vous attendions pas…

Lykos lui posa amicalement la main sur l'épaule.

— Ne vous excusez pas, Benito. Je suis venu sur un coup de tête. D'où l'absence de bagages. Je compte néanmoins sur votre discrétion, chuchota-t-il d'un air complice.

Aleksander n'apprécierait pas de voir le nom de sa benjamine faire la une de la presse italienne ou de celle de Svardia. Marit non plus. Surtout en ce moment.

— Naturellement, acquiesça Benito en inclinant la tête.

Lykos se retourna vers la voiture et tendit la main à Marit, qui, cette fois, la prit sans poser de question et sans protester. De façon perverse, sa docilité déplut à Lykos. Elle semblait en état de choc. À cause du club de blues ? De son… enlèvement ? Ou encore de son mariage raté ? Ou d'avoir été rattrapée, alors qu'elle croyait l'avoir semé ? Il n'en avait pas la moindre idée.

La tenant fermement par la main, il l'entraîna vers le bar, sachant que Benito s'occuperait de leur trouver une suite à deux chambres ainsi qu'il le lui avait demandé. Lykos avait voyagé dans le monde entier et séjourné dans maints hôtels de luxe, mais L'Aranceto était l'un de ses préférés. Toutes les suites avaient un balcon, ce qui était indispensable pour lui qui ne dormait pas bien, voire pas du tout, s'il n'avait pas la possibilité de sortir à l'air libre et de voir le ciel. D'autre part, les membres du personnel le connaissaient et l'aimaient bien. Comme en témoigna le sourire d'Oriana, la beauté brune responsable du bar, et qui, bien que son aînée d'une vingtaine d'années, ne dédaignait pas de plaisanter et de flirter avec lui.

— Ce n'est vraiment pas gentil de venir me voir avec une compagne aussi ravissante, le taquina-t-elle dans un anglais parfait bien meilleur que son italien.

— Si la situation n'avait pas été aussi dramatique, je ne t'aurais jamais fait un tel affront, *cara*, répliqua-t-il sur le même ton.

Oriana agita un torchon blanc dans sa direction d'un air faussement menaçant.

— Allez vous asseoir, je vais vous servir !

— *Grazie mille*, dit-il en posant la main sur les reins de Marit avant de s'avancer vers un box situé un peu à l'écart.

Elle se laissa faire sans broncher, s'assit dans le fauteuil de velours violet puis le regarda s'installer en face d'elle, de l'autre côté de la table au plateau de marbre noir veiné de gris. Lykos posa un coude sur le bras de son fauteuil, appuya la joue dans sa main et soutint le regard de Marit.

— Vous n'avez rien commandé, dit-elle.

— Pas la peine.

— Ah, vous êtes magicien ? fit-elle en haussant un sourcil.

— Non. C'est Oriana, la magicienne.

Impossible de cerner cet homme. Marit n'aimait pas ce sentiment d'impuissance. Bien qu'il soit plus facile de se concentrer sur Lykos que sur sa déception. Si seulement elle avait pu expliquer son désir de se rendre au Sforzando. D'y aller avant de rentrer à Svardia, afin d'avoir un souvenir personnel à ramener avec elle. À chérir. Un souvenir qui puisse l'aider à tenir au cours des années à venir. Des années qui seraient consacrées à son devoir.

La superbe brune posa deux verres sur la table. Celui de Lykos, carré et trapu, contenait un liquide de couleur ambrée au fond duquel on apercevait un gros cube de glace, le tout décoré d'une fine lamelle d'écorce d'orange enroulée en spirale. Le sien contenait un liquide plus clair, servi dans un verre à Martini dans lequel était plongé un brin de romarin.

Immobile en face d'elle, Lykos l'observait en silence.

— Combien de temps me reste-t-il ? demanda Marit d'une voix sourde.

Il haussa un sourcil interrogateur.

— Avant que vous me rameniez à Svardia, clarifia-t-elle.

— Cinq jours.

Cinq jours… Elle se mordit la lèvre.

Une lueur de dédain traversa les yeux gris. Il ne comprenait pas son attitude. Il ne comprenait pas que jamais elle ne tournerait le dos à son devoir. Elle ne le pourrait pas. Freya souffrait bien plus qu'elle-même puisqu'elle se trouvait forcée de renoncer au rôle pour lequel elle était faite et qu'elle aimait sincèrement, de toutes les fibres de son corps. Alors, si Marit pouvait l'aider un tant soit peu, elle le ferait sans hésiter. Mais elle le ferait également pour Aleksander, pour son peuple, et pour Svardia. Elle aimait son pays de tout son cœur, autant que son frère et sa sœur. Elle n'avait jamais eu la possibilité de le montrer, c'est tout. On ne lui avait jamais fait suffisamment confiance. Par conséquent, rien ne l'empêcherait de rentrer et de prendre la place de Freya dans l'ordre de succession au trône.

— J'ai toujours eu l'intention de rentrer, dit-elle au

moment où Lykos soulevait son verre et le portait à ses lèvres.

Elle baissa les yeux sur son propre verre, attendant que ses doigts cessent de trembler pour le prendre.

— Mais je…

Dis-le. Il t'entendra peut-être.

— Il y a des choses que je voulais faire avant mon retour à Svardia pour assumer un rôle qui ne m'a jamais été destiné.

Il la regarda en fronçant les sourcils.

— Quel genre de chose ?

Tout. N'importe quoi.

Un rire amer s'échappa de ses lèvres.

— Aller marcher dans un parc sans être épiée par des centaines de gens ou des paparazzis, par exemple.

— Vous n'avez jamais fait cela ?

— À l'université, sur le campus, tout le monde savait qui j'étais. Et mes parents m'avaient donné des instructions très strictes. Je ne devais ni susciter l'attention, ni m'attirer des ennuis.

— Et sinon ? demanda Lykos d'une voix dure.

Marit secoua la tête.

— Non, je me suis mal exprimée, ce n'est pas ce que vous pensez. Je ne risquais rien.

Ses parents ne recouraient jamais à la violence physique, mais des paroles ou une simple expression du visage pouvaient être aussi blessantes, voire destructrices.

— De toute façon, je n'avais pas le loisir de me balader. J'ai consacré tout mon temps à mes études et obtenu mon diplôme de justesse.

Cela avait été sa dernière promesse à ses parents : aller à l'université, obtenir son diplôme, et ensuite ils la laissaient tranquille et libre de faire ce qu'elle voulait. Ou presque.

Jusqu'à ce que, moins de huit mois plus tard, tout bascule.

— Si je comprends bien, vous espériez aller incognito dans un club de blues ? demanda Lykos en reposant son verre.

Elle hocha la tête et battit des cils pour contenir l'émotion qui menaçait de la submerger.

— Mais ce mariage ? Avec ce crétin, André ?

— Il n'a pas été très brillant, je vous l'accorde, répondit Marit en fixant son verre. Mais c'est un ami. Il a compris.

— Il a compris quoi ?

— Ma situation. L'avenir qui m'attend. Le fait que mon époux sera choisi par le roi. Que ce sera un noble, en vertu de la législation royale. Que…

Elle refoula le sanglot qui montait de sa gorge.

— Que le premier, et le seul homme, que j'embrasserai jamais me sera un parfait étranger.

Cette fois, Marit s'interrompit pour de bon. Elle n'avait pas eu l'intention de se dévoiler ainsi. D'habitude, elle était plus douée pour dissimuler ses sentiments, ou pour les cacher derrière un acte rebelle. Pourquoi se livrait-elle spontanément à cet homme ?

Elle souleva son verre, but une gorgée du délicieux mélange, doux et citronné, tandis que Lykos se retournait dans son fauteuil et levait à demi le bras pour héler Oriana. Après un bref échange en italien, elle s'éloigna et revint avec un bloc de papier et un stylo puis s'éclipsa.

— Faites une liste, ordonna Lykos.

— Une liste ? répéta-t-elle en prenant le bloc et le stylo qu'il poussait vers elle sur la table.

— Oui. De tout ce que vous voulez faire avant de rentrer à Svardia.

Et voilà, il avait réussi encore une fois à la surprendre…

Réveillé par les premiers rayons du soleil – après avoir dormi deux heures au maximum –, Lykos se pinça l'arête du nez pour essayer d'endiguer la migraine qui s'était bel et bien déclenchée la veille au soir, un peu après que Marit lui avait remis sa liste.

Et s'il lui avait demandé de regagner sa chambre et de s'y faire servir à dîner, cela avait été uniquement pour mettre de la distance entre eux. Parce que, au lieu de voir Marit en princesse gâtée, ou comme un moyen d'obtenir les actions de Kozlov, il avait vu ce qu'elle était vraiment : une jeune femme forcée de vivre une vie dont elle ne voulait pas. Et son regard lui avait rappelé celui de sa propre mère. Une sensation de malaise s'était alors déployée en lui, lui laissant aux lèvres un goût désagréable qui persistait encore maintenant.

« J'ai toujours eu l'intention de rentrer. »

Il ne parvenait pas à comprendre qu'elle puisse consentir à un tel sacrifice. En revanche, il comprenait maintenant ce qu'elle avait tenté de faire avec André. Et il se disait qu'à sa place, il aurait peut-être pris le même genre de décision.

Lykos secoua la tête et poussa un juron. À quoi jouait Aleksander ? Elle était trop jeune pour être mariée à un étranger et forcée de produire des héritiers comme une poulinière. Jamais il ne comprendrait cette vie, cette espèce. Celle pour qui l'argent, la tradition et la position déterminaient une voie qu'aucun individu sensé ne choisirait. Le futur époux de Marit devrait posséder un titre de noblesse. Quel snobisme ! Cela frisait même l'eugénisme.

Mais Lykos avait passé un accord. Et contrairement à son père ou à Kyros, quand il donnait sa parole, il la tenait. Dès son arrivée à Londres des années plus tôt, blessé à vif par la trahison de Kyros, il s'était rendu compte qu'il ne voulait suivre l'exemple ni de son mentor ni de son père. Aussi avait-il décidé de redevenir l'homme qu'il désirait être. Jamais plus il ne dévierait du chemin qu'il s'était tracé. Il ne pouvait se fier qu'à lui-même. Ses paroles, ses actes et sa réputation étaient les seules choses qui ne pourraient jamais lui être prises. Aleksander lui avait demandé de garder sa sœur avec lui pendant cinq jours et il le ferait.

Cinq jours. Depuis l'épisode du Sforzando, Marit avait perdu toute velléité de rébellion. Sa soumission lui avait rappelé sa mère, et il avait détesté voir la même expression dans son regard. Alors, quand elle avait commencé à parler des choses qu'elle aurait aimé faire avant de rentrer à Svardia, il n'avait pas tergiversé. Il l'aiderait à réaliser ses souhaits et avec un peu de chance, cela occuperait suffisamment la princesse pour qu'elle ne lui cause pas de nouveaux ennuis.

Quand il entra dans le salon, Lykos tourna les yeux vers la porte-fenêtre et contempla le ciel bleu en pensant à la liste de Marit. Elle avait mis tellement de temps à la faire qu'il s'était attendu à ce qu'elle soit interminable. Or elle se limitait à sept lignes.

Aller manger de la crème glacée dans un parc.

Ça, ce n'était pas étonnant. Marit en avait parlé la veille, au bar.

Déjeuner dans un café, sur le trottoir, comme les gens normaux.

Facile à réaliser.

Aller écouter un concert.

Moins évident.

Danser jusqu'à en avoir mal aux pieds.

Pas impossible.

Me faire faire un tatouage.

Tout sauf ça ! Pas question de la ramener à Aleksander avec une marque indélébile.

Et enfin, le dernier de la liste.

Un rendez-vous galant.

Au même instant, il entendit s'ouvrir la porte-fenêtre de la chambre voisine et aperçut Marit qui s'avançait vers la balustrade, ses longs cheveux blond doré soulevés par la brise.

Il aurait dû la laisser seule et en profiter pour réfléchir à la réalisation de ses fichus souhaits. Ou essayer de redormir un peu, car il avait eu encore plus de mal que d'habitude à trouver le sommeil. Mais il se sentait attiré vers elle par un fil invisible. Un fil secret mais tangible.

Lentement, Lykos s'avança vers la terrasse. Marit garda le regard fixé sur l'horizon, bien qu'elle ait dû l'entendre ouvrir la porte-fenêtre.

— Il est tôt, fit-il remarquer.

— Si vous aviez en tout et pour tout cinq jours de liberté, traîneriez-vous au lit ?

— Oui, sans problème.

— Facile à dire pour quelqu'un qui peut faire tout ce qu'il veut quand il le veut.

Elle se tourna vers lui et le regarda en plissant le front.

— Vous, vous avez mal dormi.

Lykos acquiesça d'un hochement de tête.

— Votre liste…

— Je sais, ces souhaits sont stupides et…

— Nous les réaliserons, déclara-t-il, péremptoire.

La joie éclaira son beau visage, et sa chevelure étincela

au soleil comme une couronne dorée. Des éclats de jade fusèrent dans ses yeux noisette. Marit se mordit la lèvre, sans doute pour se retenir d'exprimer son bonheur. Mais il la reçut néanmoins en pleine poitrine, la sentit se propager en lui, avec une telle force qu'il en eut le souffle coupé.

— Mais d'abord, reprit-il en s'interdisant de baisser les yeux sur le corps mince vêtu de sa seule chemise. Les vêtements.

L'espace d'un instant, elle le dévisagea en silence, l'air confus. Avait-elle oublié qu'elle s'était enfuie dans sa chemise et son pantalon ? Puis soudain, une lueur espiègle traversa son regard.

— D'accord, mais c'est Aleksander qui paie.

Marit se regarda dans le miroir de la cabine d'essayage et constata avec surprise que le pantalon trois-quarts – dans lequel la vendeuse avait dit qu'elle serait divine – lui allait bien, en effet. Mais de là à être divine… Elle sourit. Elle n'avait rien d'une déesse mais ce coton épais couleur orange brûlée lui plaisait.

Au moment où elle posait le pantalon sur les quelques autres vêtements choisis avec l'aide de la vendeuse, celle-ci revint frapper à la porte de la cabine.

— Excusez-moi, mais vous aimeriez peut-être essayer cette robe ? demanda la jeune femme en rosissant. C'est une création de ma petite sœur, vous comprenez. Elle fait des études de stylisme, et je suis certaine que cette robe serait superbe sur vous.

Lorsque Marit prit la robe en soie couleur coquille d'huître, elle sentit des pétillements lui parcourir la peau et, après avoir accroché le cintre à la patère, elle s'interdit de réfléchir et enfila la robe qui glissa sur elle comme de la crème liquide. Les manches légèrement bouffantes étaient resserrées aux poignets, le fourreau décolleté en V épousait son buste, la soie plissée autour de la taille ruisselait sur ses jambes à partir des hanches. Mais ce qui donnait un petit côté magique à l'ensemble, c'étaient les lignes de minuscules sequins couleur ivoire parsemant toute la robe. Cousues à intervalles irréguliers, les lignes se rejoignaient sur le devant, de chaque côté du décolleté, puis descendaient, attirant le regard et faisant paraître Marit plus grande et plus sophistiquée qu'elle ne l'avait jamais été.

Ces lignes lui faisaient penser à la musique, au murmure des vagues, et alors qu'elle avait décidé de décliner poliment la proposition de la vendeuse, Marit comprit qu'elle ne se pardonnerait jamais de partir sans cette merveille.

La jeune femme écarquilla les yeux en la voyant et murmura qu'elle était magnifique. Le qualificatif s'appliquant autant à la robe qu'à elle-même, Marit ne put qu'acquiescer.

— Voulez-vous la montrer à votre superbe compagnon ? demanda la vendeuse.

Une drôle de sensation traversa la poitrine de Marit. Incapable de prononcer un mot, elle secoua la tête.

— Je comprends. Vous voulez lui faire la surprise… chuchota la jeune femme d'un air conspirateur.

Marit se retourna vers le miroir sans répondre, se demandant soudain si elle porterait cette robe un jour. Probablement pas à Svardia, pressentit-elle d'instinct. Cette robe n'aurait d'existence que durant ces cinq jours de liberté. Mais aurait-elle l'occasion de la porter ?

On verrait bien. Tout à coup, elle en eut assez de se poser des questions et sortit de la cabine d'essayage, avant de s'immobiliser en voyant Lykos installé nonchalamment dans un fauteuil en cuir blanc, les jambes croisées. Le coude posé sur un bras du fauteuil, le menton appuyé dans la main, il semblait dormir. Et, en dépit des yeux fermés, il exsudait une telle sensualité que l'autre cliente présente dans la petite boutique le contemplait, fascinée.

— Vous avez terminé ? demanda-t-il sans rouvrir les yeux.

La cliente rougit puis sortit en hâte de la boutique.

— Vous êtes cruel, dit Marit en se dirigeant vers le comptoir.

Elle composa le numéro de l'ambassade de Svardia afin de procéder au paiement.

— Pas du tout, elle me lorgnait depuis cinq bonnes minutes, répliqua Lykos, les yeux toujours fermés.

Avait-il mal à la tête ?

— Ce n'est pas sa faute si vous êtes beau.

Le silence lui répondit. Puis il ouvrit brusquement les yeux et croisa son regard. Il parut sur le point de dire quelque chose, lorsque, au grand soulagement de Marit, un employé de l'ambassade prit son appel.

5.

Son smartphone vibra dans sa poche mais il le laissa vibrer, incapable de détacher les yeux de Marit en train de charmer le marchand de glaces pour qu'il accepte d'aller en offrir aux enfants qui venaient de descendre d'un car scolaire. Le type ne faisait pas cela par bonté d'âme. L'argent provenait de son portefeuille à lui, Lykos.

Elle se tourna vers lui et sourit, un rouge à lèvres rouge vermillon mettant en valeur sa belle bouche sensuelle et sa robe à rayures blanches et vertes achetée dans la matinée. Plutôt que de se précipiter vers les enseignes de créateurs, elle avait trouvé une petite boutique vendant des tenues colorées qui rappelaient à Lykos les films qu'il avait vus avec Theron, lors des projections en plein air organisées sur la plage du Pirée.

Une large ceinture amincissait encore la taille de Marit, au-dessous de laquelle l'étoffe s'épanouissait en corolle quand elle tournait sur elle-même chaussée de ballerines toutes simples mais fort jolies. Elle se dirigea droit vers lui, suivant peut-être elle aussi le fil invisible qui les reliait. Lykos la regarda s'avancer et retint son souffle tandis qu'elle remettait son portefeuille dans la poche intérieure de sa veste, en un geste des plus intime.

— Ne vous inquiétez pas, Aleksander vous remboursera.

Il acquiesça d'une sorte de grognement, trop occupé à contrôler les réactions embarrassantes de son corps.

— C'est pour les enfants, après tout, ajouta-t-elle avant de se détourner et de s'avancer lentement dans une allée du parc Sempione.

Lykos l'avait découvert sur Internet la veille au soir et avait pensé que ce serait l'endroit idéal pour exaucer le premier souhait de la liste. Le parc immense comprenait une grande collection d'arbres et d'arbustes et était un lieu de promenade apprécié des Milanais et des touristes. Avantage supplémentaire : il se trouvait à proximité de leur hôtel.

Un couple passa à côté des enfants, main dans la main, l'homme aux cheveux noirs lui faisant soudain penser à Theron. Comment sa compagne, Summer, se débrouillait-elle avec leur bébé ? se demanda Lykos. Il s'en voulut d'avoir ignoré leur dernière invitation. Cependant, même si Katy, leur petite fille, était adorable, ce n'était pas une raison pour qu'il laisse tout tomber et se précipite pour admirer la progéniture de son vieil ami de toujours. D'autant plus que l'enfant avait un lien biologique avec Kyros Agyros.

Son regard s'arrêta soudain sur un jeune garçon qui se tenait un peu trop près de la poche de pantalon d'un homme élégant. Lykos comprit aussitôt son manège. Il avait été l'un d'entre eux – et l'un des plus habiles –, après tout.

Le jeune garçon dut sentir son regard posé sur lui car il tourna furtivement la tête, croisa le regard de Lykos, et déguerpit aussitôt.

— Que se passe-t-il ? demanda Marit, qui s'était arrêtée un peu plus loin et avait manifestement observé la scène.

— Le pauvre, il a raté son coup à cause de moi… soupira Lykos en la rejoignant.

— Vous le plaignez ? répliqua-t-elle, l'air choqué. Alors que, si j'ai bien compris, il allait glisser la main dans la poche de l'homme et lui piquer son portefeuille ?

Lykos eut la délicatesse de ne pas lui rappeler qu'elle-même lui avait subtilisé le sien.

— Je sais que ce doit être difficile à comprendre pour quelqu'un comme vous, mais si ce gamin vole des portefeuilles, c'est parce qu'il a besoin d'argent. Vous avez vu comment il était habillé ? L'état de ses chaussures ?

Cela avait été plus fort que lui. Lykos n'avait pu s'empêcher de s'adresser à elle d'un ton dur et irrité, trahissant un vieux ressentiment accumulé pendant des années. Mais, devant l'expression blessée qui assombrit le regard de Marit, il regretta aussitôt sa brutalité.

Elle baissa les yeux puis regarda au loin, dans la direction prise par le jeune pickpocket, avant de reculer d'un pas.

Son rejet manifeste l'atteignit droit au cœur.

— J'ai été ce gamin, dit-il, les mâchoires crispées.

Il n'avait pas honte de son enfance. Mais il ne voulait pas qu'elle le voie comme le voyait Kozlov. Comme s'il était encore le gamin sale, rusé et insolent d'autrefois.

— Mon père m'a appris le métier dès que j'ai su marcher. À sept ans, il me déposait dans un centre commercial et me donnait un chiffre. Si je ne revenais pas avec cette somme d'argent, je devais rentrer à pied.

Cela faisait des années que Lykos n'avait pas parlé à quiconque de son passé. Les souvenirs remontèrent, lui nouant la gorge. Il roula des épaules pour se détendre le cou et sentit le regard de Marit passer sur sa joue, comme pour l'encourager à continuer.

— Mon père était un salaud.

Aeolus Livas n'avait pas eu droit à la rédemption. Trois ans après avoir été abandonné par sa mère, Lykos s'était fait choper par deux gangsters en herbe que lui et Theron avaient essayé de dévaliser. L'un d'eux, un ami de son père, l'avait reconnu et laissé filer « en souvenir du bon vieux temps », avant de marmonner de sa voix d'ivrogne qu'il était désolé pour son père. C'était comme ça que Lykos avait appris sa mort. Comme il l'avait découvert plus tard, Aeolus s'était acoquiné avec quelqu'un de plus dur que lui, lequel s'était vite débarrassé de son acolyte.

— Mais ne vous y trompez pas, je me suis servi de ce qu'il m'avait appris, poursuivit Lykos. Je volais de l'argent à de riches hommes d'affaires qui en avaient tellement qu'ils se rendaient à peine compte de la différence. Alors que, moi, cela me permettait d'acheter à manger. Et de l'eau.

La soif. C'était ce qui avait été le pire. Une soif atroce qui vous rendait fou. Il ne l'oublierait jamais.

— Et votre mère ?

La douleur familière lui vrilla la tempe.

— Elle a fait ce qu'elle devait faire, répondit Lykos.

Ils arrivaient à la sortie du parc. Il héla un taxi.

« La meilleure façon pour moi de rester en vie, c'est de faire en sorte qu'il ne puisse plus jamais se servir de toi contre moi. »

Voilà les dernières paroles prononcées par sa mère, avant qu'elle ne s'éloigne sans un regard en arrière, le laissant seul, assis sur les marches de l'orphelinat.

Déjà ébranlée par le récit de Lykos, Marit fut franchement inquiète de le voir vaciller en descendant du taxi.

— Lykos…

— Migraine.

La douleur déformait ses traits, comme si prononcer ce seul mot lui avait coûté un effort surhumain. Après avoir refermé la portière du véhicule, Marit lui souleva le bras et le passa autour de ses épaules pour le soutenir. Il la toisa, comme si sa proximité le dérangeait, mais il avait le regard vague et n'était pas en état de protester. Benito leur tint la porte ouverte puis aida Marit à emmener Lykos jusqu'à leur suite. Il déverrouilla la porte pour elle puis balaya ses remerciements d'un geste de la main et la laissa installer Lykos dans sa chambre, identique à la sienne.

Dès qu'il fut assis sur le lit, elle alla fermer les rideaux et se retourna vers lui au moment où il tirait maladroitement sur sa chemise et se débarrassait de ses chaussures. Ces simples gestes paraissaient être un tel supplice que Marit souffrait pour lui. Lykos semblait… ravagé par la douleur. Il était livide, son hâle avait complètement disparu et des gouttes de sueur perlaient sur son front.

Elle s'avança vers lui et s'agenouilla sur le tapis, puis, s'asseyant sur ses talons, elle prit doucement les mains de Lykos qui bataillait avec les boutons de manchette.

— Ridicule, réussit-il à articuler.

— Ne vous en faites pas, murmura-t-elle en sortant la tige de la boutonnière avant de poser le bouton de manchette à côté d'elle.

Levant les yeux, elle rencontra le regard gris dardé sur son visage et se força à ignorer le feu qui se répandait dans sa poitrine, ses jambes, tout son corps. Lykos laissa descendre son regard sur elle… Avait-il deviné ce qu'elle ressentait ? Il ferma les yeux, l'air accablé.

Son rejet ostensible lui fit mal, mais elle défit tranquillement le second bouton de manchette en or et le posa à côté de son jumeau. Lykos restant immobile, elle se redressa sur les genoux et tendit la main pour déboutonner la chemise blanche. Il n'ouvrit pas les yeux et serra les mâchoires. Pour s'empêcher de bouger, sans doute. Ou peut-être tout simplement pour lutter contre la migraine. Marit aurait donné cher pour le savoir. Était-elle seule à ressentir cette chose incroyable ? Cette chose qui lui coupait le souffle, qui tremblait sous sa peau et cherchait à jaillir, à…

Cette chose, c'était du désir.

Elle fit glisser le bouton hors de la boutonnière et se

mordit la lèvre en voyant apparaître la toison brune et bouclée. Les doigts légèrement tremblants, elle passa au bouton suivant. Au moment où elle arrivait à mi-hauteur, Lykos remua. Son torse musclé s'emplit d'air puis se vida sous ses mains. Il se redressa en tressaillant de douleur et saisit le bas de la chemise pour achever de la tirer hors du pantalon. Mais quand il rouvrit les yeux, un éclat argenté fusa, brûlant et sauvage.

Le cœur battant à tout rompre, Marit demeura immobile et ne recommença à respirer qu'au moment où il referma les yeux. Lentement, elle acheva de déboutonner la chemise, déglutit puis détourna les yeux de la portion de torse nu et offert, de crainte de céder au désir d'en découvrir la texture sous ses paumes. Jamais elle n'avait connu pareille tentation.

Logiquement, elle aurait dû maintenant s'attaquer à la ceinture et au pantalon. Les joues en feu, les doigts tremblants, elle tendit les mains vers la boucle en métal lorsque Lykos lui saisit les poignets avec force. Elle leva les yeux et croisa son regard, clair et résolu.

— Allez-vous-en.

Marit inspira…

— Immédiatement, enchaîna-t-il.

Elle ne se le fit pas dire deux fois.

Lykos évalua la situation avant de soulever les paupières. Les coups sourds qui lui martelaient le crâne avaient disparu. Il tourna doucement la tête d'un côté puis de l'autre. La douleur atroce et lancinante dans son cou et sa nuque avait considérablement diminué. Il jeta un coup d'œil au réveil. 7 heures. Incroyable, il avait dormi toute la nuit sans se réveiller une seule fois.

À présent, il connaissait bien le phénomène. Tous les

deux ou trois mois, les insomnies auxquelles il avait droit depuis l'enfance finissaient par avoir raison de lui et il avait une crise de migraine. S'il avait pu ramener Marit à Svardia comme prévu initialement, elle n'aurait pas été témoin de sa faiblesse, songea-t-il en ouvrant les yeux.

Marit. Milan. Les boutons de manchette. Lykos tressaillit. Sa ceinture.

« Allez-vous-en. Immédiatement. »

La hâte avec laquelle elle avait quitté la pièce… L'éclat qui avait empli les yeux noisette avant qu'elle ne s'exécute.

Dieu merci, il avait retrouvé fugacement sa lucidité… à temps. Les fantasmes fusèrent aussitôt dans son esprit, il se vit l'attirant à lui, s'enfonçant en elle, jusqu'à l'oubli…

Lykos poussa un juron. Il bandait comme un fou ! Alors qu'il ne pourrait jamais assouvir le désir qui le consumait !

Il n'avait pas le droit de la toucher. Marit était une princesse. Une princesse innocente qu'il était chargé de protéger. Il avait donné sa parole à Aleksander et rien, pas même ce désir de plus en plus impérieux, ne l'empêcherait d'honorer sa promesse. Parce que sinon, il serait comme son père ou Kyros.

Cette pensée suffit à le calmer. Il se leva et se dirigea vers la salle de bains – pour s'infliger une douche glacée.

Il en ressortit un quart d'heure plus tard, habillé et prêt à partir à la recherche de Marit, quand il entendit des voix provenant du balcon. Il remarqua alors l'oreiller posé sur le sofa à côté d'un plaid et comprit que Marit avait dû passer la nuit là. Elle était restée, même après qu'il lui avait ordonné de partir… Parce qu'elle était inquiète pour lui. Cette prise de conscience fit frémir quelque chose dans sa poitrine. Quelque chose d'enfoui au plus profond.

Seigneur, s'il avait su qu'elle était là, tout près…

Et voilà tous les effets de la douche glacée réduits à néant en un instant. Mais qu'est-ce qu'il avait, bon sang ?

Même adolescent, il ne se souvenait pas d'avoir été autant l'esclave de ses hormones.

Reprenant le contrôle de ses sens, il sortit sur le balcon et se protégea les yeux avec la main. La migraine était passée, mais mieux valait rester vigilant.

Marit garda le visage tourné vers le paysage urbain. Benito en revanche le salua avec déférence – bien que Lykos lui ait dit et répété qu'il n'avait pas besoin de s'incliner devant lui.

— J'ai apporté son petit déjeuner à Mlle Marit. Il y a du café, des brioches, des fruits, mais si vous voulez…

— *Grazie*, Benito, l'interrompit-il. Cela suffira amplement.

Marit gratifia Benito d'un sourire éblouissant, le regarda s'en aller puis tourna de nouveau les yeux vers la vue.

Immobile à côté de la table, Lykos hésita. Pourquoi, il n'en savait rien. Hésiter n'était pas dans ses habitudes. Mais Marit l'amenait à faire des choses inhabituelles, ce qu'il n'appréciait nullement.

— À propos d'hier soir…

— Il n'y a rien à dire, l'interrompit-elle en tournant enfin la tête vers lui.

Lykos entrouvrit les lèvres.

— Vous voulez du café ? poursuivit-elle. Je pense que ce n'est pas conseillé après une migraine, mais je ne vous vois pas comme un adepte de l'eau chaude avec une rondelle de citron.

Il faillit lui demander comment elle le voyait, mais eut heureusement le réflexe de n'en rien faire et se contenta de marmonner un vague acquiescement.

Un léger sourire aux lèvres, elle se leva, prit la cafetière et remplit la seconde tasse puis se rassit, de l'autre côté de la table qu'elle avait fait installer sur le balcon – sans même qu'il s'en aperçoive.

Décidément, il devait se ressaisir. Et vite.

Lykos entrouvrit les lèvres, mais elle l'interrompit à nouveau…

En vérité, Marit avait du mal à soutenir le regard de Lykos. Elle avait passé une nuit épouvantable, mais pas à cause du sofa. Elle s'était tournée et retournée sans arrêt à cause de lui. Lykos. À cause de cette chose. Elle avait l'impression qu'un interrupteur avait été enclenché et que maintenant elle ne pouvait plus couper le courant.

À 4 heures du matin, alors qu'elle avait à peine fermé l'œil, elle s'était soudain rappelé ce qui s'était passé avant la migraine.

« Je sais que ce doit être difficile à comprendre pour quelqu'un comme vous… »

Pas besoin d'être psy pour comprendre qu'il méprisait son statut. La façon dont il disait « princesse », sa surprise quand elle n'avait pas choisi une boutique de luxe ou un billet de première classe, le respect qu'il manifestait envers les individus plus modestes. Au début, Marit avait trouvé cela étrange, pour un milliardaire, mais ce qu'il avait dit la veille au soir à propos de son père, de son enfance…

Elle souleva sa tasse de café et demanda de but en blanc :

— Comment êtes-vous passé des rues d'Athènes à ce genre d'établissement ?

Debout à côté de la table, sa tasse à la main, il la regarda en silence, avec une expression qu'en d'autres circonstances Marit aurait trouvée comique, mais qui lui fit regretter sa question.

— Et pourquoi voudriez-vous que je vous raconte l'histoire du gamin pauvre devenu milliardaire, princesse ? lança-t-il d'un ton amer teinté d'une ironie mordante. Vous n'y croyez pas ?

Seigneur, elle devait être cramoisie de honte.

— Excusez-moi, Lykos. Ce n'est pas du tout ce que je voulais dire.

— Ah ? Que vouliez-vous dire, alors ? Parce que de mon…

— Je souhaite vous connaître, c'est tout ! s'exclama-t-elle, à bout de patience et furieuse.

Quelque chose bascula entre eux. Une lueur étrange traversa les yeux gris.

— Non, Marit. Vous ne voulez pas me connaître.

La colère monta en elle. Combien de fois lui avait-on dit ce qu'elle voulait et ne voulait pas ? Ce qu'elle pouvait et ne pouvait pas faire ? Comme si elle ignorait tout d'elle-même, de ses souhaits, ses désirs.

Marit sentit son pouls lui battre les tempes. Elle aurait bien dû savoir que cela ne servait à rien de lutter contre l'image qui lui collait à la peau. Et elle imaginait facilement celle qu'elle renvoyait à Lykos. Celle d'une petite princesse gâtée pourrie ignorant tout du fonctionnement du monde. Elle n'était pas naïve à ce point. Elle savait qu'il y aurait toujours des domaines de la vie et du monde qu'elle ne pourrait pas explorer. Mais cela ne signifiait pas pour autant qu'elle était incapable de respecter ou de comprendre ceux qui vivaient autrement, comme en témoignait son projet d'orchestre de jeunes. Parce qu'elle avait beau ignorer beaucoup de choses, elle savait ce que c'était de ne pas pouvoir exprimer des émotions, des sentiments plus grands que les mots, ou bien impossible à dire. Ou encore qui ne pourraient jamais être entendus

Sauf si on les exprimait par la musique, par exemple. Pour Marit, cela avait été une libération. À travers la musique, elle avait pu faire passer ses émotions, même les plus chaotiques. Et, alors, elle n'avait eu qu'un désir : offrir à des jeunes issus de milieux défavorisés la possibilité de découvrir ce même moyen d'expression.

Elle hocha la tête, pour signifier à Lykos qu'elle avait compris son rejet, mais du fond de son être, un refus montait. Des vibrations couraient dans ses veines, de plus en plus puissantes. Sans ajouter un mot, Marit se leva et s'en alla. Sans que Lykos cherche à la retenir.

Lorsque, trois heures plus tard environ, la musique s'arrêta enfin, Lykos laissa échapper un long soupir. S'il n'avait pas été complètement remis de sa migraine, le vacarme provenant de la chambre de Marit l'aurait assurément fait revenir. Tout espoir de travailler s'était envolé tandis que la musique classique se transformait sans transition en jazz énergique, lui-même suivi d'un blues langoureux et sensuel, auquel succédait bientôt une chanson folk entraînante. En surface, ces musiques paraissaient ne rien avoir en commun. Mais, dans chaque morceau, Lykos avait reconnu quelque chose de similaire. L'expression d'une souffrance, d'un manque, de l'espoir et du désir. Et il avait eu mauvaise conscience de s'être montré aussi dur avec Marit. Car ce qu'il avait reconnu dans chaque morceau traduisait la complexité de celle qu'il avait d'abord prise pour une créature superficielle.

Sa question l'avait pris de court, certes, elle l'avait choqué, mais Marit ne méritait pas un tel traitement. Ni son mépris.

Sa liste ne comprenait que des souhaits tout simples et faciles à exaucer. Des choses qu'elle ne pourrait plus jamais faire une fois qu'elle aurait changé de statut et représenterait le revers féminin de la médaille royale de Svardia. Une fois qu'elle serait devenue une épouse, puis une mère.

« Je souhaite vous connaître. »

À l'inverse d'un Kozlov qui avait fouiné dans son passé, décortiqué sa vie et répandu des rumeurs malsaines sur son compte, Marit… s'intéressait à lui. Sincèrement. Et, étrangement, Lykos désirait lui parler.

Cédant à une impulsion, il sortit de sa chambre et frappa à la porte de Marit. Aucune réaction. Il frappa plus fort…

Ça alors ! Il faillit s'étrangler de colère.

La musique, le volume, c'était une ruse ?

Elle s'était de nouveau enfuie, et il était tombé dans le panneau. Dire qu'il s'était laissé attendrir par sa douceur et son innocence ! Il regagna sa chambre en pestant, prit son portefeuille – elle n'était pas partie avec, c'était déjà ça – et son smartphone, puis, l'ascenseur tardant à arriver, il emprunta l'escalier de service qu'il dévala quatre à quatre jusqu'au rez-de-chaussée.

6.

Lykos sortit en trombe de l'hôtel et s'immobilisa sur le trottoir. Il s'était fait avoir. Encore une fois. Quel imbécile !

Il jura haut et fort, en grec, attirant ainsi l'attention de Benito qui se précipita vers lui.

— *Signor* Livas… ?

— Vous l'avez vue ? demanda Lykos en scrutant la rue dans les deux sens.

— Mlle Marit ? Oui, elle m'a demandé si je connaissais un café sympathique dans le coin, avec des tables sur le trottoir, et je lui ai recommandé le Carlotta.

— Elle vous a… commença Lykos, interloqué.

Pourquoi avait-elle demandé une adresse de café à Benito ? Ça lui échappait complètement.

— Le Carlotta, répéta Benito. C'est à côté du parc. Je vous envoie les coordonnées par SMS.

Lykos ne prit pas le temps de le remercier. Il fonçait déjà vers le parc et, entendant le bip, sortit son smartphone de sa poche. Il s'aperçut qu'il avait manqué plusieurs appels et reçu des SMS. Il fronça les sourcils. Personne ne lui envoyait de SMS, ces temps-ci. Il passa le bout de l'index sur l'écran et vit, juste en dessous d'un e-mail professionnel, quatre SMS – trois d'entre eux provenant d'un numéro enregistré deux jours plus tôt. Il ralentit et lut le premier :

N'ai pas voulu vous déranger, mais j'ai un peu faim, alors

je vais réaliser un souhait de ma liste. Si vous voulez me rejoindre, Benito sait où je suis. Mais pas obligé.

Elle ne s'était pas enfuie, cette fois. En proie à un mélange de sentiments confus, il s'arrêta pour lire le message suivant.

Au fait, c'était Marit. Vous avez mon numéro, j'imagine.

De plus en plus confus, il ouvrit le troisième.

Et je parie que vous pouvez localiser mon téléphone, de toute façon…

Le dernier était celui de Benito.

Levant les yeux, Lykos aperçut un peu plus loin des tables et des chaises installées dans une petite cour ouverte sur la rue, sous un grand auvent portant, en caractères bleu vif sur fond blanc, le nom « Carlotta ». À l'une des tables, il vit Marit, avec sa cascade de cheveux dorés et ses yeux noisette dardés sur lui. Son regard s'éclaira puis s'assombrit, blessé. À cet instant, un serveur se dirigea vers elle avec sa consommation, un verre ballon empli de liquide orange. Quand elle le remercia d'un sourire éblouissant, le jeune homme resta figé sur place, comme frappé par la foudre, avant de se ressaisir et de s'éloigner vers une autre table.

Lykos s'avança puis glissa son smartphone dans sa poche avant de s'asseoir en face de Marit.

— Vous avez cru que je m'étais enfuie, dit-elle d'un ton de reproche.

Il ne lui ferait pas l'insulte de lui mentir.

— Oui.

Quand elle détourna les yeux, sa mauvaise conscience le titilla de nouveau – phénomène inhabituel chez lui mais qui semblait s'incruster. Le regard toujours rivé à celui de Marit, Lykos leva la main pour attirer l'attention du serveur penché au-dessus d'une table voisine. Il commanda une bière, ce qui ne faisait pas non plus partie de ses habitudes.

— Je n'ai pas dû boire de bière depuis celle que j'ai bue avec Theron dans un bar du Pirée il y a plus de dix ans, dit-il.

Qu'est-ce qu'il lui prenait ? Il ne parlait jamais de son passé. Sauf avec Marit… Cela ne ferait qu'accroître le fossé qui les séparait, mais elle le lui avait demandé et, d'instinct, il pressentit que lui parler équivaudrait à faire la paix. Et peut-être que s'ils cessaient de s'opposer, il serait débarrassé de cette frustration qui le tenaillait sans répit. Peut-être qu'en répondant à ses questions, le désir, qu'il voyait briller dans les yeux aux éclats dorés, s'éteindrait.

— J'ai fait la connaissance de Theron deux ans après mon arrivée à l'orphelinat où ma mère m'avait laissé. J'avais neuf ans et lui sept. Ses parents étaient morts dans un tremblement de terre survenu à Athènes, et il était terrifié.

Il s'interrompit et secoua la tête en repensant au petit garçon vulnérable qu'avait été alors celui qui était maintenant son plus vieil ami. L'ami, le frère avec lequel il avait été brouillé pendant dix ans, jusqu'à ce qu'ils se retrouvent tout récemment et finissent par se réconcilier.

— S'il savait que je vous ai raconté cela, il me tuerait, reprit-il avec un léger sourire.

Il attendit que le serveur ait déposé la bière devant lui et fixa instant son verre avant de le soulever.

— Nous étions le fléau d'Athènes, poursuivit-il avec fierté. Aucun portefeuille appartenant à un riche homme d'affaires n'était en sécurité, aucun appareil-photo appartenant à un touriste peu méfiant, ni aucun téléphone portable non plus. Un jour, nous avons volé un carton entier de petits pains au nez et à la barbe du tenancier d'un café ! Theron m'a dit que le vieil homme ne l'avait pas oublié et ne nous l'avait pas pardonné, acheva Lykos en riant.

Marit l'écoutait avec attention, presque religieusement, tandis qu'il lui racontait les exploits auxquels il se livrait autrefois avec Theron. Ils ne s'attaquaient qu'à des individus aisés et ne faisaient jamais de mal à personne. Il lui raconta l'épisode concernant Kyros. Comment Theron, ému par une photo trouvée dans le portefeuille du riche homme d'affaires grec, avait réussi à persuader Lykos d'aller le rendre à son propriétaire.

Il s'interrompit un instant et revit en pensée la photo, sur laquelle on voyait Kyros danser avec Althaia.

— Kyros était… impressionnant. Riche. Très riche, précisa-t-il d'un ton ironique. Qu'a-t-il vu en nous ? Je ne le saurai jamais. Mais il nous a fait une proposition. Il payait nos études, nous formait, nous apprenait le plus de choses possible, à condition que nous allions travailler avec lui après avoir obtenu notre diplôme et rempli nos obligations militaires. Nous avons accepté. Et chaque dimanche, il nous invitait à déjeuner chez lui et sa femme, Althaia.

Son cœur se serra au souvenir de la chère disparue, décédée trois ans plus tôt, alors même qu'il ne l'avait pas revue depuis plus de dix ans.

Marit fronça les sourcils, comme si elle avait deviné son chagrin.

— Je n'avais jamais été assez stupide pour idéaliser Kyros comme Theron…

Menteur.

— Mais je le respectais beaucoup. Jusqu'à ce qu'il m'envoie à la recherche d'une Anglaise. La mère d'une petite fille qui avait les mêmes yeux que lui.

La réalité avait fondu sur lui d'un coup. Son mentor n'était pas le mari aimant et dévoué, le type généreux résolu à aider deux gamins de la rue, à les traiter comme les fils qu'il n'avait pas eus. Non, Agyros était comme les autres : prêt à profiter de la dette de Lykos pour acheter son silence.

— Oh… murmura Marit.

Elle le comprenait si bien. Elle lui témoignait beaucoup trop de compassion.

— La femme de Kyros était malade. Elle souffrait d'une forme rare de sclérose en plaques. Pour elle, c'était une sentence de mort, et cela rendait l'infidélité de Kyros encore plus impardonnable, continua Lykos, la voix vibrante de colère. Il m'avait sans doute envoyé là-bas en pensant que je lui étais tellement reconnaissant que je ne dirais rien à Althaia.

La trahison de Kyros l'avait anéanti. Il avait tout perdu. Notamment le semblant de cellule familiale qu'il n'avait jamais pensé pouvoir retrouver après l'abandon de sa mère.

— Au lieu de rentrer en Grèce, je suis allé droit à Londres, dans un petit hôtel.

Cela faisait des années que Lykos ne s'était pas aventuré à penser à ces quelques jours. À la souffrance atroce d'avoir été utilisé par celui qu'il considérait comme son vrai père. Au coup reçu en plein cœur, qui avait déstabilisé la perception qu'il avait de lui-même, ébranlé toute son existence, et provoqué une migraine si terrible qu'il avait failli appeler une ambulance. Mais quand il avait refait surface, sa pensée s'était clarifiée, régénérée.

— À Londres, j'ai investi en Bourse, en me servant de l'argent mis de côté pendant les deux années où j'avais travaillé pour Kyros.

Pour la première fois, ses insomnies lui avaient été bénéfiques. Il avait passé des heures à observer les marchés boursiers, achetant et revendant aussitôt des actions pour en tirer le plus de profit possible, sidéré de constater que les leçons de son père – détourner l'attention, dissimuler, être rapide et concentré à l'extrême – lui rendaient service, tant d'années après.

Cependant, ces atouts étaient les seuls vestiges de son passé qu'il avait choisi de conserver. Lykos s'était promis de ne plus jamais se fier qu'à lui-même. Désormais, seuls compteraient ses paroles, ses actes et sa réputation. Son futur serait irrévocablement coupé de son passé.

— En un mois, j'avais doublé mes économies, poursuivit-il en toute simplicité et sans la moindre arrogance. Une année s'était à peine écoulée que mon nom était chuchoté avec crainte. Et cinq ans plus tard, j'étais actionnaire majoritaire de tant de sociétés que j'aurais été incapable d'en citer tous les noms.

Par la suite, ses activités nécessitant de plus en plus de déplacements, il s'était installé facilement dans un mode de vie nomade, achetant des appartements dans les capitales européennes et séjournant dans les hôtels de luxe de Singapour, Zurich, New York, Hong Kong, Toronto, Sidney… ou Milan. Personne n'avait jamais fouillé dans son passé. Pas une seule fois. Personne n'avait jamais désiré en savoir davantage sur lui.

Jusqu'à Kozlov.

Puis Marit.

— Et c'est comme cela que, parti des rues d'Athènes, je me suis retrouvé… ici, par exemple, acheva-t-il avant de porter enfin son verre à ses lèvres.

La bière avait un goût de souvenirs et de regrets.

Il n'avait pas eu l'intention de se livrer autant, comprit Marit. Mais au travers de ses paroles elle avait senti percer la souffrance. Après avoir été maltraité par son père, il avait été utilisé par l'homme qui lui avait procuré la sécurité et redonné espoir. Cela avait dû être terrible pour lui. Et pourtant il racontait son histoire d'un ton détaché, ponctuant de temps en temps son récit d'un haussement d'épaules nonchalant.

— C'est impressionnant, comme parcours, dit-elle, sincère.

Il se contenta d'incliner la tête. Marit tendit la main vers son cocktail et, soudain, la tranche d'orange décorative lui parut futile, sans parler de la paille rayée et de la petite ombrelle japonaise.

À cet instant, Lykos reposa son verre sur la table, se pencha en avant et saisit la petite ombrelle en papier.

— Vous et le sucré… soupira-t-il avec une lueur taquine au fond des yeux.

Elle ne put retenir un léger sourire et le regarda se rappuyer à son dossier, fascinée par sa beauté. Elle oublia son cocktail, leurs querelles, tandis que la chose enivrante se déployait à nouveau en elle. Les défenses dressées la veille au soir s'écroulèrent, et elle se retrouva dans la chambre plongée dans la pénombre, revit le torse nu et musclé…

— Comment est-ce de grandir, quand on est princesse ?

La question la ramena brutalement au présent.

— On est très seule.

Ils se regardèrent en battant tous les deux des cils. Marit secoua la tête et baissa les yeux, se demandant pourquoi cet homme semblait être la seule personne à qui elle confiait ce qu'elle avait toujours tu. Quand elle redressa la tête, elle avait repris contenance et dit avec calme :

— Je suis sûre que l'histoire de la pauvre petite princesse ne vous intéresse pas.

Il soutint son regard et dans le silence, elle entendit résonner ses propres paroles.

Je souhaite vous connaître.

Marit aurait donné n'importe quoi pour entendre Lykos lui dire la même chose. Elle se sentit rosir. Il était assez têtu pour continuer à la dévisager en silence jusqu'à ce qu'elle réponde à sa question.

— Il y a des tas de petites filles qui rêvent d'être princesse, dit-elle.

— Pas vous ?

— Comment peut-on rêver d'être ce que l'on est déjà ? répliqua-t-elle avec un haussement d'épaules.

En vérité, elle n'en était pas une. Pas vraiment. C'était Freya, la vraie princesse. Aimée par le peuple et ses parents, et surtout par Marit, en dépit de sa jalousie. Privée de l'attention de ses parents, de leur amour, elle s'était toujours sentie invisible. Elle ne comptait pas. Ses pensées et ses sentiments n'avaient pas d'importance. C'était toujours Freya qui venait dans sa chambre quand elle avait fait un cauchemar. Freya, qui la consolait quand elle tombait. Freya, qui disait à Aleksander d'arrêter de cacher ses jouets. Freya, qui avait aidé Marit à sortir du labyrinthe lorsque l'une de leurs gouvernantes l'y avait oubliée. Mais même Freya n'avait pas réussi à compenser le manque d'amour de leurs parents.

— Alors, vous êtes ce que vous avez toujours voulu être ? demanda Lykos, l'air franchement dubitatif.

— Je voulais être musicienne. Mais un membre de la famille royale ne peut pas se le permettre.

— Qui en a décidé ? fit-il en haussant un sourcil.

Marit but une gorgée de son Aperol Spritz mais en sentit à peine le goût.

— Mes parents. Ils ont refusé tout net. Pour eux, c'était inconcevable.

— Comment étaient-ils, avec vous ?

— Ils étaient le roi et la reine de Svardia.

Il fouilla son regard. Il voulait des vraies réponses.

— Ils étaient très occupés. Toujours pris par des réunions, des manifestations publiques ou mondaines, des voyages à l'étranger. Père n'aurait pas dû régner, mais son frère est mort dans un accident avant d'avoir des héritiers, alors il s'est trouvé propulsé dans un rôle dont, je crois, il ne voulait pas.

Formulant cela à voix haute pour la première fois de sa vie, Marit se demanda soudain si elle n'avait pas quelque chose en commun avec son père.

— Mais il a fait en sorte qu'Aleksander et Freya connaissent leurs rôles et leurs responsabilités futures.

— Et vous ?

— Une seule chose était attendue de moi : ne pas m'attirer d'ennuis.

Cela avait été si simple et si néfaste. Lors des dîners, leurs parents testaient et préparaient les deux aînés. Même lorsque Freya essayait d'inclure Marit dans la conversation, cela ne durait jamais bien longtemps. Aleksander n'intervenait pas, mais observait la scène avec une sorte de colère impuissante, ce qui ne faisait que rendre la situation encore plus inconfortable.

— Eh bien, ça a fonctionné, fit Lykos avec humour.

Elle le regarda en plissant le front, l'air faussement vexée.

— Ce n'était vraiment pas ma faute si le fils de l'ambassadeur d'Allemagne s'est retrouvé avec du jus de cerise sur le devant de sa chemise juste avant l'arrivée des photographes.

Lykos haussa un sourcil.

— Il avait les mains baladeuses.

Une lueur dure passa dans les yeux gris.

— Et le renvoi du pensionnat ?

— Oui, c'est vrai. Je reconnais que j'avais exagéré, mais…

— Et la fois où votre mère a dû revenir du Japon à cause de vous, quand vous aviez quatorze ans ?

Une ombre invisible cacha le soleil, faisant frissonner Marit. Elle s'efforça de se ressaisir, de chasser le souvenir qui, encore maintenant, la glaçait intérieurement.

— Alors ?

— Alors ? répéta-t-elle, pétrifiée sur sa chaise.

— Marit.

— Ah, oui… Vous parlez de cet « incident regrettable » qui a gâché le « voyage très important de mes parents au Japon », dit-elle d'un ton ironique. La fois où ma mère a été photographiée descendant du jet privé la ramenant à Svardia, puis sur les marches de l'hôpital, tandis que, l'air affreusement inquiet, elle s'entretenait avec le responsable du service. Puis en train de serrer la main des infirmières qui s'occupaient de sa chère fille. La fois où…

Marit s'interrompit un bref instant pour dominer la souffrance qui colorait sa voix.

— La fois où ma mère n'est en fait jamais venue me voir. C'est à cela que vous faites allusion ?

Sa voix tremblait. On aurait dit une petite fille. Marit se détestait de craquer ainsi, devant Lykos, qui avait traversé des épreuves bien pires. Pouvait-il comprendre combien c'était embarrassant d'avouer que sa mère ne s'était même pas donné la peine de venir la voir à l'hôpital ? Qu'elle comptait si peu pour celle qui lui avait donné le jour ?

Comment lui faire comprendre qu'elle avait grandi dans une solitude totale ? Ce qu'était le sentiment atroce de se sentir invisible dans un palais rempli de monde. D'avoir l'impression de crier sans que personne ne vous entende.

Lykos serra les mâchoires pour retenir les mots qui lui venaient aux lèvres. S'était-il à ce point trompé sur elle ? Oui, sans aucun doute. L'avait-il vue cyniquement comme une « pauvre petite princesse gâtée » ? Absolument. Pouvait-il comprendre que ses parents trouvent inconcevable que leur benjamine devienne musicienne ? À vrai dire, oui. Même s'il n'aurait su expliquer pourquoi. Mais que la mère de Marit abrège son séjour au Japon pour rentrer à Svardia et veille à se faire photographier lors de son arrivée à l'hôpital, puis en train de serrer la main des infirmières s'occupant de sa fille, et n'aille pas la voir ? Non, impossible.

— Étiez-vous inconsciente quand elle est venue ?

Marit redressa le menton, ses cheveux blonds ondulant doucement dans la brise puis battit des cils pour refouler les larmes emplissant ses yeux. Une seule roula sur sa joue, mais elle ne parut pas s'en rendre compte. La vue de cette larme solitaire réveilla en Lykos une émotion profondément enfouie.

— Non. Elle est partie avant que je sorte de la salle d'opération.

Elle secoua la tête et lui adressa un sourire tremblant.

— Freya est arrivée, alors ce n'était pas grave.

— Quand est-elle arrivée ?

— Dès qu'elle l'a pu.

— Quand ?

— Trois heures après mon réveil.

Lykos vit son visage changer. Le masque tombait. Parce qu'elle était fatiguée de lutter, comprit-il. Il vit la souffrance, le rejet, complètement différent de celui qu'il avait vécu mais tellement familier. Comment avait-il pu être aussi aveugle ? D'ordinaire, il était infaillible, quand il s'agissait de percer les apparences.

Marit était tout sauf gâtée ou égoïste.

Le serveur venant leur demander s'ils voulaient reprendre quelque chose, Lykos jeta un coup d'œil à sa montre, puis demanda à Marit si elle souhaitait réaliser le deuxième souhait de sa liste. Le sourire qui éclaira ses traits, l'éclat de ses yeux l'émurent malgré lui.

Ils commandèrent à déjeuner, et il ramena la conversation sur des sujets plus neutres. Marit avait choisi une pizza et la mangea avec les doigts, d'un air si heureux que son bonheur fut contagieux. Lui-même avait pris des pâtes, mais peu importait lesquelles. La seule chose qui comptait, c'était le sentiment de légèreté qu'il éprouvait, et qu'il avait presque oublié.

Alors que, après le café, elle était partie se « refaire une beauté », son smartphone vibra, et il répondit distraitement.

— Qu'est-ce que vous mijotez, Livas ?

La voix au fort accent russe lui parut encore plus désagréable sous le soleil d'Italie.

— Eh bien, j'ai décidé de prendre un peu de vacances.

— Ce n'est pas votre genre. En revanche, j'ai découvert avec beaucoup d'intérêt que vous aimiez les blondes... La princesse Marit est une très belle jeune femme. Mais que fait-elle avec un type comme vous, cela m'échappe.

Lykos ne bougea pas, ne cilla pas. Mais, intérieurement, il sentit se déchaîner une violence inconnue. Le pouls lui martelait les tempes, de la sueur froide perlait à son front.

— Elle n'a rien à voir avec vous, Kozlov.

— Au contraire, Livas. Son frère détient un certain nombre d'actions de ma compagnie et, à ce titre, elle m'intéresse énormément.

— Un grand nombre d'actions, à ce que je crois savoir, rétorqua Lykos d'un ton franchement menaçant.

— Je vous ai laissé courir après les miettes dont je ne voulais plus parce que cela m'amusait, riposta Kozlov d'une voix dure et vibrante de colère. Mais c'est fini !

Sur ces paroles, il coupa la communication au moment où Marit ressortait de l'arrière du café-restaurant et s'arrêtait pour parler avec le jeune serveur qui semblait ébloui par elle.

La menace de Kozlov se mit à tourner en boucle dans la tête de Lykos. La colère bouillonnait en lui. Il ne pouvait supporter que ce salaud soit au courant pour Marit. Dès qu'il en aurait l'opportunité, il appellerait Aleksander pour le prévenir. Kozlov était capable de tout.

Tout à coup, il se revit à six ans, tout maigrichon et complètement impuissant contre les bruits de coups et les cris étouffés provenant de la pièce voisine. Un tremblement monta en lui, fissurant le sceau qu'il avait posé sur les souvenirs de ces nuits horribles.

« La meilleure façon pour moi de rester en vie, c'est de faire en sorte qu'il ne puisse plus jamais se servir de toi contre moi. »

Un frisson glacé lui parcourut la nuque. Non, cette fois, il ferait ce qu'il fallait. Il protégerait Marit.

Lykos la regarda s'avancer vers lui, sa chevelure nimbant son beau visage d'une aura dorée.

Elle s'assit et le dévisagea un instant en silence, puis fronça les sourcils.

— Quelque chose ne va pas ?

— On rentre, répondit-il en hélant le serveur.

— À l'hôtel ?

— Oui. Mais seulement le temps de faire nos bagages.

— Pourquoi ? demanda-t-elle, confuse.

— Nous partons à Londres.

7.

Marit garda résolument les yeux tournés vers la vitre du véhicule qui s'éloignait de l'aéroport privé situé dans la banlieue londonienne. Lykos ne lui avait pas adressé la parole depuis leur départ de l'hôtel. Quelque chose s'était passé pendant qu'elle était aux toilettes, c'était évident.

Quelle idiote ! Elle avait été si naïve de croire qu'un lien s'était créé entre eux, qu'ils se comprenaient…

Ils avaient mangé de la crème glacée dans le parc, ils avaient déjeuné ensemble, partagé des confidences… Elle avait eu l'impression de s'ouvrir, telle une fleur aux rayons du soleil et, quand il l'avait taquinée ou avait paru l'admirer, Marit avait senti une merveilleuse chaleur se répandre en elle. Subitement, elle s'était rendu compte qu'elle désirait gagner son admiration, son respect, son affection. À un moment donné, elle avait eu envie de lui tendre les bras, de l'enlacer et de le garder serré contre elle durant le peu de temps qu'il leur restait.

Mais cela n'avait été qu'un rêve. Brusquement, Lykos avait décidé de partir à Londres, sans lui donner la moindre explication. Son retrait subit, le silence qu'il avait dressé entre eux comme une barrière invisible ressemblaient affreusement à l'attitude de ses parents vis-à-vis d'elle. Sauf que celle de Lykos la blessait encore plus profondément.

— Pourquoi sommes-nous à Londres ? demanda-t-elle

en regardant les rues défiler derrière la vitre et les nombreux passants avancer rapidement sur les trottoirs.

Tournant la tête vers lui, Marit croisa le regard gris argenté dardé sur elle.

— Pour organiser votre rendez-vous galant.

Il venait d'inventer ce mensonge. Elle le vit dans ses yeux.

— Mon rendez-vous galant ? répéta-t-elle en refoulant la souffrance qui lui étreignait le cœur.

— Oui. C'est sur votre liste. Il aura lieu ce soir.

— J'en suis ravie, répliqua-t-elle d'un ton neutre.

L'espace de quelques instants, à Milan, elle avait eu confiance en Lykos, il lui avait donné du réconfort, et même de la joie. Et il venait de lui mentir, anéantissant le commencement du lien qu'elle avait senti palpiter entre eux.

Profitant d'un moment où Marit dormait à bord du jet, Lykos avait appelé Aleksander qui lui avait aussitôt proposé l'aide de ses services de sécurité. Mais Lykos avait refusé. Plus de monde attirerait davantage l'attention. Des années plus tôt, il avait appris qu'en effectif restreint on était plus rapide, plus discret et plus efficace. Rester seul avec Marit représentait la meilleure option. Aleksander avait acquiescé, en précisant que l'ambassade était en état d'alerte, et lui avait donné un numéro de ligne directe qui serait changé dès que Marit aurait posé le pied sur le sol de Svardia.

Ce qui convenait parfaitement à Lykos. Une fois qu'il aurait ramené la princesse à Svardia, tout serait terminé. Il repartirait avec les actions qui lui permettraient de faire tomber Kozlov et retournerait à la vie nomade qu'il affectionnait : hôtels et appartements de luxe, femmes disponibles aimant comme lui les aventures passagères. Personne pour lui poser des questions embarrassantes, personne pour fouiller dans son passé. Son existence reprendrait son cours normal, en accord avec ses besoins et ses principes. Une existence solitaire et sans complications.

Il tourna les yeux vers la vitre et se demanda pourquoi une telle existence lui paraissait soudain un peu… creuse.

« Pourquoi sommes-nous à Londres ?

— Pour organiser votre rendez-vous galant. »

C'était la seule chose qui lui était venue à l'esprit pour justifier leur départ inopiné de Milan et, maintenant, il se trouvait obligé d'honorer ce rendez-vous galant. Quel imbécile ! Marit était manifestement blessée par son retrait, mais s'il avait décidé de rompre le lien qui s'était formé entre eux, c'était pour son bien à elle. Et certainement pas pour lui proposer ensuite un rendez-vous galant…

La voiture s'arrêta devant la grille en fer forgé noir protégeant la maison de style Régence achetée un an après son arrivée à Londres. Lykos l'avait voulue dès qu'il l'avait aperçue. Elle symbolisait tout ce qu'il n'avait pas été, tout ce qu'il n'avait pas eu enfant : argent, histoire, permanence, sophistication. Pas tout à fait un château, mais presque.

Marit contempla la façade en plissant le front.

— C'est à vous ?

— Oui, répondit-il avec fierté. Elle ne vous plaît pas ?

— Si, beaucoup, dit-elle en continuant de plisser le front. C'est juste que cela ne vous ressemble pas.

Sur ces mots, elle descendit de voiture et referma la portière derrière elle, le laissant seul sur la banquette arrière.

Quand il sortit à son tour du véhicule, elle avait déjà franchi la grille et suivait le chauffeur qui portait leurs bagages et les déposait devant la porte.

Lykos possédait de nombreuses propriétés en Europe, toutes achetées pour des raisons de commodité. Sauf celle-ci. Il y avait fait effectuer des travaux importants en veillant à respecter son aspect d'origine. Il avait toujours désiré quelque chose de majestueux et de solide. Quelque chose qui résiste au temps et dont le charme et la classe le protégeraient des aléas dont il avait été victime autrefois.

Sa demeure londonienne lui avait apporté la sécurité dont il avait été privé enfant.

Et Marit, d'un simple coup d'œil, l'avait percé à jour.

Quand il la rejoignit devant la porte, elle se tourna vers lui, l'éclairage accentuant les reflets dorés de la longue chevelure et l'éclat de ses yeux.

— C'est la demeure parfaite pour un génie de la finance qui règne sur les marchés boursiers internationaux, dit-elle d'un ton neutre.

Il appuya le pouce sur le lecteur optique et poussa la porte d'entrée avant de s'effacer pour laisser passer Marit. Puis il prit les bagages et franchit le seuil, tandis qu'elle restait immobile au milieu du hall, les yeux baissés et les mains posées sur sa poitrine, l'air visiblement préoccupé.

Sans dire un mot, il déposa les bagages et la regarda.

— Ce sera mon premier rendez-vous galant, dit-elle avec un petit sourire tremblant.

Un frisson parcourut Lykos. Elle était si innocente… Elle méritait tellement mieux, pour son premier rendez-vous. Elle méritait…

— Je suis contente que ce soit vous, reprit-elle en levant les yeux vers lui.

Une telle sincérité se lisait dans son regard qu'il en fut remué malgré lui.

— Ne vous méprenez pas, enchaîna-t-elle à la hâte. Je sais que c'est uniquement à cause de ma liste, que ce n'est pas réel. Pas vraiment.

Elle ponctua ses paroles d'un haussement d'épaules qui donna envie à Lykos de protester, de lui dire que c'était réel.

— Si ça l'était, je crois que ce serait encore pire, ajouta-t-elle.

— Que voulez-vous dire ? demanda-t-il, intrigué.

— Parce que… commença-t-elle en fronçant les sourcils. Parce que si je devais rentrer à Svardia et épouser un homme choisi par mon frère, après avoir éprouvé… quelque chose pour un autre, je crois que ce serait tragique.

Ses paroles lui firent l'effet d'un coup de poing en pleine poitrine. Elle les avait prononcées le sourire aux lèvres, comme si ce qu'elle disait était banal et non horrible.

Par « quelque chose », elle avait voulu dire de l'amour. Et Lykos avait soudain compris ce que cela signifiait vraiment pour elle de rentrer à Svardia et d'épouser un homme choisi par son frère.

Une heure plus tard, Marit s'arrêta devant le miroir de la suite réservée aux invités et regarda les sequins scintiller doucement sur la soie couleur coquille d'huître et former des lignes qui descendaient en ondes lumineuses sur le devant de la robe. Elle avait hésité un long moment avant de se décider. Mais puisque ce serait sans doute la seule occasion de la porter…

Dans cette robe, elle se reconnaissait à peine. Jamais elle ne s'était vue aussi féminine, aussi élégante et aussi belle. Mais elle ne se sentait pas déguisée. Elle se sentait… elle-même.

La ravissante pendule ancienne en bronze posée sur la cheminée sonna sept coups légers et mélodieux. 19 heures, c'était l'heure à laquelle le chauffeur viendrait les chercher, avait dit Lykos.

Le temps passait si vite… Trop vite. Dans trois jours…

Marit se massa le sternum pour calmer les battements saccadés de son cœur, douloureusement consciente de tout ce dont elle serait privée une fois rentrée à Svardia. Tout ce qui lui serait interdit ou inaccessible. Sa liste de souhaits et les expériences toutes simples que Lykos l'aidait à vivre devraient lui suffire et constitueraient des souvenirs précieux qu'elle chérirait toujours dans son cœur.

Le souvenir de cette soirée avec Lykos, par exemple.

Marit se détourna du miroir, redressa les épaules et sortit de la pièce, prête à profiter de tout ce que la soirée lui offrirait.

Lorsque la luxueuse berline s'arrêta devant une haute demeure élégante, en plein cœur de Mayfair, Marit fut un peu surprise. Lykos l'emmenait chez des amis ? Pas très intime, pour un rendez-vous galant… Au même instant, elle remarqua les deux hommes en costume sombre encadrant la porte laquée noire.

Se tournant vers Lykos, elle croisa son regard argenté où couvait une lueur brûlante et sentit un frisson la parcourir.

— Vous êtes magnifique, dit-il à nouveau.

Il le lui avait dit une première fois quand elle avait descendu l'escalier au bas duquel il l'attendait. Et dans sa belle voix de baryton, elle avait perçu une note inhabituelle qui avait résonné profondément en elle. Le compliment était sincère. Il ne s'agissait pas de flatterie.

Se détournant, il descendit du véhicule au moment où le chauffeur venait ouvrir la portière de Marit. Une main posée sur la sienne gantée de cuir, l'autre remontant légèrement la robe, elle posa le pied sur le trottoir et se sentit enveloppée dans la chaleur du regard de Lykos. Et lorsque le chauffeur la présenta à lui, comme s'il lui remettait une récompense, et que Lykos lui offrit son bras, elle se dit qu'elle pourrait peut-être faire semblant. Juste le temps de cette soirée. S'imaginer qu'il la désirait autant qu'elle le désirait. Que c'était cela qui étincelait dans les superbes yeux gris.

Marit retint son souffle, glissa la main sous le bras offert et s'abandonna au fantasme qui venait de se former dans son esprit. Lykos la regarda, le visage à demi dissimulé dans l'ombre.

— Nerveuse ? demanda-t-il, plus inquiet que moqueur.

— Non, pas avec vous, répondit-elle avec franchise.

Un éclat fugace traversa son regard, puis Lykos s'avança vers la porte laquée noire.

— Bonsoir, monsieur Livas, dit l'un des deux hommes en inclinant légèrement la tête.

L'autre ouvrit la porte.

— Soyez la bienvenue au Victoriana, princesse Marit.

Elle le regarda, suffoquée.

— Vous les avez prévenus ? chuchota-t-elle à Lykos.

— Ne vous en faites pas, le personnel de cet établissement est aussi bien informé qu'il est discret.

Une femme s'avança vers eux en souriant, en pantalon de tweed vert s'arrêtant au genou et gilet assorti porté sur un chemisier blanc. Le tout lui donnait une allure très classe, bien qu'un peu désuète, mais l'hôtesse les salua avec chaleur avant de les conduire dans une salle gigantesque au style incontestablement victorien.

Impressionnée, Marit contempla le bar immense occupant toute la longueur de l'espace, les box capitonnés de cuir vert. Deux maisons avaient dû être réunies pour produire un tel volume…

D'un geste de la main, Lykos l'invita à suivre l'hôtesse. Un peu surprise, Marit lui emboîta le pas et pénétra bientôt dans une autre salle à l'entrée de laquelle une petite plaque en cuivre portait l'inscription « Salon de musique ». Lykos s'arrêta derrière elle. Elle sentit sa chaleur se propager dans tout son corps. Le cœur battant la chamade, elle aperçut, sous un lustre en cristal, un piano à queue trônant au milieu de la pièce, et dont le noir brillant tranchait avec les boiseries, les meubles en acajou, les tons vert sapin et rouge bordeaux rehaussés çà et là de touches dorées.

Installé devant le magnifique instrument, un pianiste jouait, perdu dans la musique. Marit contempla ce tableau unique, le grava dans sa mémoire. Puis elle se retourna vers Lykos, sachant qu'il avait voulu lui offrir une soirée inoubliable qu'elle emporterait avec elle à Svardia.

Il scruta ses traits, un peu comme si lui aussi mémorisait son expression et, apparemment satisfait, l'invita à s'asseoir dans un fauteuil recouvert de velours vert sapin devant une table ronde en acajou. Il y avait quelques autres tables, occupées par des couples parlant à voix basse. Marit s'assit et réprima un frisson lorsque Lykos s'installa, non pas en face d'elle mais à son côté. Un serveur s'approcha de leur table et posa un verre devant elle, puis un autre devant Lykos, avant de s'éloigner discrètement.

Elle contempla le liquide ambré recouvert d'une sorte d'écume blanche de laquelle ressortaient une fine spirale d'écorce d'orange et une cerise rouge carmin.

— Qu'est-ce que c'est ? demanda-t-elle à Lykos.

— Vous allez adorer.

L'assurance colorant sa voix produisit un drôle d'effet sur Marit. Des pétillements parcoururent sa peau, fusèrent dans ses veines. Elle tendit la main vers son verre lorsque…

— Marit…

Lykos s'interrompit, secoua légèrement la tête, inspira profondément.

— Marit, si vous ne voulez pas rentrer…

— À Svardia ? murmura-t-elle, sous le choc.

— Je ne vous forcerai pas. Alors si vous ne souhaitez pas…

Assaillie par une foule de pensées contradictoires, elle appuya les doigts sur ses lèvres pour retenir les mots prêts à jaillir. L'espace d'un bref instant, elle craignit de ne pas être assez forte pour refuser la proposition de Lykos. De son côté, il la dévisageait d'un air inquiet qu'elle avait du mal à supporter. Il leva la main mais Marit secoua la tête. La main s'arrêta à quelques centimètres de son bras.

S'il ne la ramenait pas à Svardia, Aleksander ne lui céderait pas les actions dont il avait besoin. Il renoncerait à cela pour elle ? Marit refusa de penser à ce que cela signifierait, pour elle, pour lui. C'était trop. Lorsque les battements de son cœur ralentirent, elle se força à dominer ses émotions et sourit tristement, cherchant les mots susceptibles d'exprimer ce qu'elle éprouvait.

— Je n'ai pas été élevée dans le but d'être la deuxième dans l'ordre de succession, mais j'ai été néanmoins élevée en princesse de Svardia. Ce ne sera pas facile, et je ne serai jamais aussi douée que ma sœur, mais j'aime mon pays. Je suis fière de lui et de mon peuple, et ce sera pour moi un honneur de les représenter. Mon frère a entamé brillamment son règne et je… je ne ferai jamais rien qui puisse le freiner ou lui nuire. Alors, oui, je désire rentrer. Je rentrerai toujours, quoi qu'il arrive, parce que ma famille et mon pays ont besoin de moi.

Il s'était totalement trompé sur elle, reconnut Lykos en son for intérieur. Marit était princesse jusqu'au bout des ongles. Il n'y avait rien de puéril ou de naïf dans ce qu'elle venait de dire. Ni en elle. Elle ne s'en rendait pas compte, mais son nouveau rôle lui allait parfaitement, même s'il s'assortissait pour elle d'un immense sacrifice. La loyauté et la détermination brillaient dans ses yeux noisette. Jamais encore il ne l'avait vue aussi belle, aussi resplendissante.

— Mais si j'avais dit oui, reprit-elle, qu'auriez-vous fait, sans les actions d'Aleksander ?

— J'aurais trouvé une autre solution, répondit-il avec sincérité.

— Mais combien de temps cela aurait-il pris ?

Peu importait. Il aurait patienté des années, si Marit avait désiré recouvrer sa liberté.

— Ce n'est pas vraiment le sujet de conversation idéal pour un rendez-vous galant, dit-il, préférant esquiver la question.

Elle sourit, d'un sourire si franc, si radieux…

— Ah oui ? Et quel serait le sujet idéal, alors ? répliqua-t-elle avec malice avant de boire une gorgée de son cocktail.

Une expression extasiée envahit les traits fins de Marit

— Hum… C'est délicieux, murmura-t-elle en reposant son verre.

Lykos contempla les lèvres pulpeuses. Cette bouche était une véritable invite à la volupté, aux plaisirs des sens.

— J'aimerais vous entendre jouer, murmura-t-il.

L'expression extasiée disparut, Marit le regarda en battant des cils, l'air si choqué qu'il se serait giflé. Cependant, elle ne pouvait s'empêcher de lorgner du côté du piano…

— Vous jouez, n'est-ce pas ? demanda-t-il, sans trop savoir s'il avait raison d'insister.

Elle secoua la tête, même quand elle répondit oui.

— Eh bien, j'aimerais vous entendre.

Durant quelques instants, elle fixa son verre. Il avait eu tort. Il n'aurait pas dû insister. Mais lorsqu'elle leva soudain les yeux et soutint son regard, Lykos y vit un tel désir qu'il en eut le souffle coupé.

— C'est vrai ? chuchota-t-elle.

Elle avait cru qu'il ne voulait pas vraiment l'entendre jouer.

— Oui. Je serais très heureux de vous entendre, Marit.

Immobile dans son fauteuil, Lykos la regarda se diriger vers le piano. Le pianiste accepta sans difficulté de lui céder sa place et, après avoir échangé quelques mots avec Marit, parut lui aussi impatient de l'entendre jouer. Lorsque l'homme d'une quarantaine d'années promena son regard sur elle, Lykos frémit et serra involontairement les poings. Avant de voir ce que voyait sans doute le musicien : la jeunesse, la pureté, l'effervescence qui la caractérisaient – et que lui-même avait pris, à tort, pour de la naïveté et de l'insouciance.

Elle s'assit sur le tabouret et effleura les touches du bout des doigts d'une main tandis qu'un sourire se dessinait sur ses lèvres. On aurait dit qu'elle retrouvait un vieil ami. Quant aux autres couples, ils n'avaient rien remarqué.

Tout à coup, Lykos fut submergé par un accès de nervosité totalement inhabituel. Pas parce qu'il craignait que Marit joue mal, mais parce qu'il voyait combien c'était important pour elle et qu'il désirait que tout se passe bien. Il serra les mâchoires et déglutit. Il lui dirait qu'elle était merveilleuse, quoi qu'il arrive.

Et soudain, elle commença à jouer.

Mais il ne s'attendait pas à l'entendre… chanter.

Les doigts fins volaient sur le clavier, légers et sensuels, jouant un air nostalgique évoquant l'Amérique de jadis. Surpris par les paroles, il se redressa dans son fauteuil.

La voix de Marit, voilée et douce, chantait le crépuscule de la vie d'une femme, évoquant un monde où les gens se retrouvaient piégés par les événements et impuissants à lutter contre. Elle chantait le désir, semblable à l'incendie ravageant les maisons. Le désir, la tristesse et la futilité de la vie.

Lykos était envoûté. Tous s'étaient tus pour l'écouter. La voix et l'accompagnement au piano lui faisaient frémir la nuque tandis qu'il regardait Marit en retenant son souffle.

Elle chantait la perte de la jeunesse, les années qui passent, les regrets et le piège qui se refermait. Lykos y entendit l'écho de l'avenir qui attendait Marit à Svardia, et son cœur se serra pour elle à la pensée de son futur mariage sans amour.

Au cours de son existence, il avait souvent eu le sentiment d'être pris au piège. Il s'était battu comme un forcené pour sortir des cages qui l'enfermaient. La pauvreté et l'impuissance. Mais, en Marit, il voyait une femme qui refusait de considérer son destin comme un piège ou une cage. Elle l'acceptait et y trouvait sa propre liberté.

Comment avait-il pu la prendre pour une princesse gâtée et égoïste ? s'interrogea-t-il une fois de plus. Son désir d'être musicienne ne relevait pas du caprice. Elle était musicienne dans l'âme.

La chanson s'achevait alors qu'il aurait voulu qu'elle ne se termine jamais. Il aurait pu l'écouter des heures, des jours durant. Mais, surtout, Lykos savait que lorsque Marit s'arrêterait de chanter, la chanson deviendrait réalité. Que c'était son futur. Or il ne voulait pas de cette vie pour elle. Il voulait l'emmener loin, très loin.

Elle écarta les mains du piano et les posa sur ses genoux, puis se tourna vers lui. Et alors, il vit la vérité qu'elle avait toujours sue et que lui comprenait seulement maintenant.

« Je rentrerai toujours, quoi qu'il arrive. »

8.

Le cœur de Marit battait à tout rompre. Elle n'avait jamais joué devant un auditoire. Ni chanté devant personne. Durant le silence qui régna quelques instants, elle eut l'impression de se tenir au bord d'un précipice. Jusqu'à ce que les gens se mettent à applaudir avec chaleur et qu'une joie encore inconnue se répande dans sa poitrine.

C'était ce qu'elle voulait pour les jeunes musiciens de l'orchestre avec qui elle travaillait. Cette joie, cette chaleur, ce partage avec le public qui chassaient toute la nervosité, toutes les peurs. Ce plaisir unique procuré par le fait de pouvoir s'exprimer pleinement et librement. Elle-même l'avait vécu grâce à Lykos. Marit désirait le remercier, lui dire ce que cela représentait pour elle.

Elle le regarda. Il était assis dans son fauteuil, figé. L'espace d'un instant, elle craignit d'avoir fait une erreur, mais soudain, elle se sentit pénétrée par la force émanant de son regard. Quelque chose explosa entre eux, qui fit disparaître tout le reste. Une émotion d'une intensité inouïe l'envahit, lui donnant l'impression d'être glacée et brûlante à la fois.

Ils éprouvaient la même chose, comprit Marit. Pour la première fois de sa vie, elle n'était pas seule. Lykos luttait contre le même désir que celui qui la consumait. Envoûtée par le regard rivé au sien, elle se leva et se dirigea vers lui, les jambes tremblantes.

Lorsqu'elle le rejoignit, il s'était ressaisi et seule une détermination farouche éclairait ses yeux gris. Mais il était trop tard. Marit avait vu l'intensité du désir qui le dévorait.

— Vous devriez manger, dit-il en désignant les assiettes joliment présentées posées sur la table.

— Je n'ai pas faim.

Pas de nourriture, en tout cas. Elle n'eut pas besoin de le dire. Les narines de Lykos frémirent légèrement, l'éclat argenté brilla dans ses yeux gris. Fugace, mais bien réel.

En disant qu'elle rentrerait toujours à Svardia, Marit avait été sincère. Mais il lui restait deux jours avant d'y retourner, et elle ne pouvait pas imaginer de passer le restant de sa vie sans avoir senti la peau de Lykos contre la sienne. Sans savoir ce que cela faisait d'embrasser cet homme sublime. Elle voulait s'unir à lui, juste le temps d'une nuit.

— Je préférerais rentrer.

— À Svardia ? demanda-t-il en haussant un sourcil.

Marit ne fut pas dupe. Il faisait semblant de ne pas avoir compris.

Quand elle le regarda en plissant les yeux, Lykos se tint aussitôt sur ses gardes. Puis elle secoua la tête, très lentement, le regard rivé au sien, et il se sentit hypnotisé. Alors que tout en lui luttait contre la force qui l'attirait vers elle. Marit était une princesse. Elle était jeune. Elle ne savait pas ce qu'elle faisait, et encore moins ce qu'elle lui demandait.

Parce qu'elle voulait quelque chose de lui, même si sa requête était muette. Et, bien que ne possédant ni l'assurance ni l'expérience de ses maîtresses habituelles, elle produisait sur lui un effet encore plus dévastateur.

— Non.

— Comment cela, non ?

— Marit, dit-il d'un ton féroce. Ce n'est pas un jeu.

— Je ne pensais pas que c'en était un.

— Alors écoutez-moi : c'est non. Définitivement non.

Les éclats de jade scintillèrent dans la lumière tamisée.

— Dites-moi que je me trompe, répliqua-t-elle avec calme.

— À quel sujet ?

— Dites-moi que vous ne ressentez pas l'attirance qui palpite entre nous.

Lykos poussa un juron.

— Bien sûr que je la ressens ! Mais cela ne signifie pas pour autant que je doive y céder.

— Et si moi je le souhaite ?

— Le consentement doit être mutuel, princesse.

Elle recula la tête, comme s'il l'avait giflée.

— Vous m'accusez de vous forcer à…

— Non ! se récria-t-il. Mais je ne veux pas de cela, point final.

Marit le regarda, les yeux brillants, il crut voir sa lèvre trembler, mais elle se domina aussitôt et hocha la tête.

— Très bien. Merci pour cette délicieuse soirée, Lykos. Mais je me sens un peu fatiguée, ce doit être à cause du voyage. Et je n'ai pas très bien dormi, la nuit…

La phrase resta en suspens, ravivant les souvenirs de sa migraine, de la façon dont elle avait déboutonné sa chemise, les doigts lui effleurant la peau…

— La nuit dernière. Alors j'aimerais vraiment rentrer me reposer, si cela ne vous ennuie pas.

Il eut envie de refuser, pour tâcher de réparer ses torts. Car il s'y était pris comme un manche. Elle avait souhaité un rendez-vous galant, le premier et peut-être le seul qu'elle aurait jamais, avant d'épouser un inconnu. Et sa soirée se terminait par une déception. Il s'était comporté comme une brute et avait heurté ses sentiments.

Lykos acquiesça d'un hochement de tête et se leva, mais quand il tendit la main à Marit, elle ignora son geste et sortit de la pièce la tête haute, en vraie princesse qu'elle était. Le trajet jusque chez lui ne fut pas plus réussi. Elle regarda fixement devant elle, si calme et si immobile qu'il ne l'entendait même pas respirer. Il aurait voulu s'expliquer. La réconforter. Mais à quoi bon des mots puisqu'il ne pouvait lui offrir ce qu'elle désirait ? Mieux valait passer pour le dernier des salauds plutôt que de reconnaître… Reconnaître quoi ? Qu'il redoutait de la toucher ? Que l'embrasser l'entraînerait à sa perte ?

S'il cédait au désir qui le consumait, il n'était pas certain de pouvoir la laisser partir. Au fond, ce n'était pas elle qu'il cherchait à protéger, mais lui-même.

Lorsque le chauffeur s'arrêta devant la grille, Marit n'attendit pas qu'il vienne lui ouvrir sa portière. Elle descendit de voiture et s'avança vers la porte. Lykos prit son temps pour descendre à son tour, espérant se dominer avant de commettre un acte irrémédiable. La prendre dans ses bras et l'attirer contre lui, par exemple.

Elle l'attendait à côté de la porte, l'obligeant à se rapprocher d'elle pour appuyer son pouce sur le lecteur. Sans le regarder, elle ouvrit la porte. Elle arrivait au centre du hall au moment où Lykos referma la porte derrière lui. Il ne pouvait pas la quitter comme ça. Il ne pouvait pas lui laisser penser…

— Marit.

Le mot avait jailli de lui-même. Elle s'immobilisa mais ne se retourna pas. Or Lykos voulait s'assurer qu'elle allait bien. Il avait besoin de le voir dans ses yeux, sur ses traits.

Il s'avança et s'arrêta derrière elle, promena son regard

sur la soie moulant le dos mince, les hanches rondes… Elle était toute crispée, de la tête aux pieds.

— Marit.

Cette fois, son prénom résonna comme une prière, une supplication. Doucement, Lykos lui prit le poignet et la fit pivoter vers lui. Il le regretta aussitôt en voyant les larmes emplissant ses yeux.

Il leva la main vers sa joue, caressa la haute pommette du bout du pouce et recueillit la larme qui avait glissé au moment où Marit avait fermé les yeux pour dissimuler sa souffrance. C'en fut trop. Ce simple geste eut raison de ses dernières défenses.

Et quand elle souleva les paupières et le regarda, les cils perlés de larmes, Lykos eut du mal à soutenir son regard blessé.

— Que puis-je faire ? demanda-t-il, la voix rauque.

Il prit le beau visage entre ses mains tandis qu'elle se mordait la lèvre. Ce fut plus fort que lui, il la libéra du bout du pouce. Marit leva les yeux vers les siens et lui posa la main sur le poignet, comme pour le retenir.

— Je sais que j'en demande trop, que c'est impossible, mais… S'il vous plaît, Lykos. Exaucez mon désir.

— Vous méritez mieux que moi, Marit. Tellement mieux !

— Je me moque de ce que je mérite. C'est vous que je désire.

Ces paroles achevèrent d'abattre le mur qu'il avait dressé entre lui et sa princesse. Il fouilla son regard et n'y vit que du désir. Pas la moindre lueur de doute ou d'hésitation.

— C'est fini, se chuchota-t-il à lui-même.

— C'est fini… ?

— Oui. J'arrête de lutter.

Lykos n'attendit pas sa réaction. Il pencha la tête et l'embrassa.

Dès que la bouche ferme et douce se referma sur la sienne, toute inquiétude quitta Marit. Il ne la rejetait pas. Il la désirait, la touchait, et elle se sentait vivante, d'une façon qu'elle n'éprouvait qu'en jouant du piano. Les lèvres expertes caressaient les siennes, les cajolaient, les taquinaient, jusqu'à ce qu'elle les ouvre pour lui. Et alors…

Toute pensée rationnelle déserta son esprit. Lykos prenait possession de sa bouche, de tout son être. Leurs langues dansaient ensemble, le désir montait en elle, comme un crescendo irrévocable l'entraînant vers une conclusion aussi mystérieuse que grisante. Marit voulait sentit son corps contre le sien, sans plus aucune barrière entre eux.

Ses mains se glissèrent d'elles-mêmes sous la veste, remontèrent jusqu'aux solides épaules. La peau était chaude à travers le coton doux de la chemise. Marit s'accrocha à lui et sentit combien Lykos se retenait. Or elle ne voulait pas qu'il se retienne. Elle voulait le vrai Lykos. Déchaîné et puissant, exigeant et impérieux. Elle voulait ce qui lui était refusé d'habitude parce qu'on la croyait trop fragile, trop délicate.

Quand elle fit glisser la veste de ses épaules, ils ne se soucièrent ni l'un ni l'autre de l'endroit où elle tombait. Ses mains descendirent d'elles-mêmes sur les impressionnants biceps, effleurèrent les coudes, se refermèrent sur la taille musclée, puis tirèrent la chemise hors du pantalon. Ils avaient déjà vécu cela…

Lykos écarta soudain les lèvres des siennes et redressa la tête, le souffle court. Aussitôt, sa chaleur lui manqua, mais, comme s'il l'avait deviné, il lui posa la main sur la poitrine, là où son cœur battait comme un fou. La douce pression la rassura et l'émut profondément. Elle se souviendrait de ses instants jusqu'à ses derniers jours.

— N'aie pas peur, chuchota Lykos.

Il baissa les yeux sur son buste, son ventre, l'air émerveillé et, pour la première fois, Marit fut certaine d'être vue. D'être chérie, appréciée et désirée.

— Tu es sûre de le vouloir, princesse ?

Jamais encore il n'avait prononcé ce mot de cette façon. Avec une telle sensualité dans la voix.

Marit hocha la tête.

— Dis-le-moi.

— Oui, j'en suis certaine.

— Si tu changes d'avis, si tu veux t'arrêter, pour n'importe quelle raison…

Il scruta son regard, pour lui faire comprendre qu'il parlait sérieusement et qu'il se souciait vraiment d'elle. Qu'il la respectait.

— Je te le dirai, je te le promets, murmura-t-elle en lui offrant ses lèvres.

Le désir incendia les yeux gris. Lykos prit sa bouche avec passion et la dévora goulûment. L'esprit de Marit se vida de toute pensée. Elle n'existait plus que par et pour ce baiser. La façon dont sa langue joueuse taquinait la sienne, l'enlaçait, la caressait, grisait Marit, lui arrachant des gémissements de plaisir. Lorsqu'il referma les mains sur ses reins pour la presser contre lui, des sensations inouïes fusèrent dans tout son corps. Jusque-là, elle n'avait été qu'à moitié vivante.

Le désir se déploya en elle, de plus en plus impérieux. Cette fois, ce fut elle qui interrompit le baiser. Elle ne pouvait plus attendre. Elle voulait qu'ils se débarrassent de leurs vêtements. Qu'ils s'unissent et ne fassent plus qu'un. Mais elle ne savait pas comment exprimer son désir. Elle l'entendait, un quatuor à cordes le jouait dans son esprit, traduisait ce qu'elle attendait de Lykos, mais les mots lui manquaient pour le dire

— Nous serions mieux…, commencèrent-ils en chœur.

Marit laissa échapper un petit rire doux et sensuel tandis

que Lykos la dévisageait en silence, le regard brûlant. Il parut hésiter puis hocha lentement la tête et la souleva dans ses bras avant de s'avancer à grands pas vers l'escalier. Mais une fois arrivé à l'étage, il ne se dirigea pas vers la suite réservée aux invités.

Tenant Marit serrée contre lui, il ouvrit la porte de sa propre chambre, ralentit le pas et la reposa sur ses pieds en face de lui.

— Marit… J'aimerais tant que tu voies ce que je vois…

Il pencha la tête et l'embrassa, sur les lèvres, le cou, la gorge, tandis qu'elle se pressait contre lui pour mieux sentir la puissante érection. Lorsqu'il redressa la tête et recula légèrement le torse, elle en profita pour déboutonner rapidement la chemise.

Les doigts tremblant d'impatience, Marit en écarta les pans et la fit glisser sur les épaules musclées, les bras, fascinée par les pectoraux parfaits recouverts de la fine toison bouclée qu'elle brûlait de caresser.

Lykos l'observait. Il la regardait le contempler et en éprouvait du plaisir. Grisée par son attitude, elle effleura le torse puissant avec ses lèvres et crut entendre une plainte. Elle laissa descendre sa bouche, de plus en plus bas, mais quand elle buta sur la ceinture du pantalon, Lykos la repoussa doucement, avant de la faire tourner sur elle-même vers le mur percé de deux hautes fenêtres entre lesquelles s'élevait un immense miroir.

— À mon tour, murmura-t-il en l'embrassant juste au-dessous de l'oreille.

Une myriade d'étincelles parcourut son corps. Ses mamelons déjà durs se dressèrent sous la soie. Lykos fit passer ses cheveux devant une épaule, trouva la fermeture Éclair et, lentement, fit descendre la minuscule languette. Dans le miroir, Marit le vit suivre des yeux le mouvement de sa main, les lèvres entrouvertes, les yeux étincelants. Il paraissait… fasciné par ce qu'il découvrait.

Elle contempla son propre reflet en retenant son souffle. Son corps s'offrait à celui de Lykos qui lui sembla plus grand, plus fier, rendu plus puissant encore par la force de son désir. Elle-même n'était qu'abandon et passion. Un sentiment merveilleux l'envahit.

Son cœur tressaillit douloureusement. Ce sentiment unique lui venait de Lykos. De l'homme extraordinaire qu'elle devrait quitter.

Sans titre de noblesse, il n'aurait jamais de place dans sa vie et elle-même ne se sentirait plus jamais chérie et aimée. La seule chose qu'elle pourrait conserver, c'était le souvenir de ces instants uniques.

Lykos croisa son regard dans le miroir. La question muette flotta entre eux. Marit laissa échapper un petit halètement et fit glisser la robe sur ses épaules, se dénudant pour lui.

Jamais Lykos n'oublierait ce moment. La vision qui s'offrait à lui était d'un érotisme inouï, à tel point que son érection en devint presque douloureuse et qu'il dut faire un effort surhumain pour ne pas prendre Marit sur-le-champ. Lentement, elle se retourna puis se rapprocha de lui et pressa ses seins contre lui, son ventre, ses cuisses… Il retint une plainte et aperçut soudain une lueur indécise dans les beaux yeux aux reflets dorés.

— Qu'y a-t-il, ma douce ? chuchota-t-il en lui caressant la joue.

Elle se mordit la lèvre, qu'il libéra aussitôt du bout du pouce. Et quand elle détourna les yeux, Lykos comprit qu'elle voulait dire quelque chose mais n'osait pas. Ne savait-elle pas qu'il lui accorderait tout ce qu'elle lui demanderait ?

Lorsqu'elle se résolut à le regarder, la lueur indécise

avait disparu, remplacée par le désir et une expression frisant la fureur.

— Fais-moi tienne afin qu'aucun autre homme ne puisse jamais me posséder telle que je suis à cet instant. Telle que je me donne à toi.

Le tout dernier barrage sauta. Lykos laissa déferler la marée de désirs, d'émotions, qu'il refoulait jusque-là. Il enlaça Marit et la poussa vers le lit tandis qu'elle s'abandonnait totalement à lui. Il le vit à l'éclat de ses yeux, à ses pommettes rose vif.

Il l'embrassa et l'étendit sur le lit, le corps mince s'offrant d'instinct tandis que, s'appuyant sur unc main, Lykos sc servait de l'autre pour suivre les courbes délicieuses. La peau satinée lui caressait la paume, elle se mit à frissonner puis à trembler quand il atteignit sa taille, sa hanche. Doucement, Lykos s'aventura entre les cuisses moelleuses et écarta la minuscule culotte de dentelle couleur ivoire.

Marit creusa les reins et laissa échapper un gémissement de plaisir qui exacerba le sien. La manière dont elle s'offrait à lui le bouleversait. Des éclats d'or et de jade incendiaient les yeux noisette, elle haletait tandis qu'elle grimpait, de plus en plus haut, vers la jouissance. Le corps souple et doux ondulait au rythme de ses caresses. Lykos enfonça un doigt en elle et retint une nouvelle plainte. Elle était prête. Pour lui. Mais il continua de la caresser doucement, afin de la préparer à l'accueillir avec le moins de douleur possible.

Et lorsque soudain elle s'envola dans l'extase, il se dit que s'il était mort, là, maintenant, il aurait été le plus heureux des hommes. Au même instant, Marit ouvrit les yeux, et il se sentit marqué à vie par son regard incandescent.

— Lykos…, murmura-t-elle.

Il se redressa et se débarrassa de ses vêtements en un tournemain, s'allongea au-dessus d'elle en s'appuyant sur ses avant-bras et lui caressa le visage.

— Tu vas sans doute avoir mal. Pas trop, mais…

— Lykos, l'interrompit-elle, la voix rauque de désir.

Une lueur taquine traversa son regard.

— Je suis au courant, tu sais ? Je sais ce que je fais, ajouta-t-elle, presque gravement. Je veux le faire et je veux que ce soit avec toi.

Ses paroles firent naître en lui une sensation sur laquelle il refusa de s'interroger. Il tendit la main vers la table de chevet et prit un préservatif dans le tiroir.

Puis, lentement, délicieusement, il la pénétra enfin. Le plaisir qui l'inonda alors fut si intense, si absolu, qu'il sentit une émotion inconnue se répandre dans son cœur. Le regard soudé à celui de Marit, observant la moindre de ses réactions, Lykos sentit le tressaillement qui la parcourait tandis qu'elle plissait le front. Mais l'instant d'après, ce fut de l'émerveillement pur qui envahit ses traits fins. Elle remua sous lui, se positionnant d'instinct pour augmenter son plaisir, et se mit bientôt à rouler des hanches.

— C'est toujours comme ça ? chuchota-t-elle, l'air extasié.

— Non, répondit-il avec franchise. Ce n'est jamais comme ça, ma douce.

Il n'y aurait aucun malentendu entre eux. Lykos ne l'aurait pas permis. Marit devait savoir ce que cet acte représentait pour lui, parce que lui aussi s'était entièrement dévoilé devant elle. Il n'avait jamais partagé une telle intimité avec personne.

Toujours lentement, il commença à bouger en elle, Marit s'accordant aussitôt à son rythme, la tête renversée en arrière sur l'oreiller, les mèches dorées éparses autour de son visage. Il l'emporta au bord du précipice, encore et encore, résolu à lui donner le plus de plaisir possible et se repaissant de ses cris. Jusqu'à ce que ni l'un ni l'autre ne puisse plus supporter d'attendre. D'un coup de reins vigoureux, Lykos les fit basculer dans un océan de volupté, puis ils se laissèrent dériver sur les flots, à l'infini.

Ils furent réveillés par la sonnerie de son smartphone, au moment où les premiers rayons du soleil pénétraient dans la chambre par les hautes fenêtres. Venant à peine de fermer les yeux après avoir fait de nouveau l'amour à Marit, Lykos laissa échapper un grognement, ce qui lui valut un petit gloussement de la princesse à moitié endormie à côté de lui.

— Tu ne réponds pas ?

— Non. Espérons qu'il ou elle comprenne le message et me fiche la paix.

Quand elle tourna la tête vers lui et le regarda, l'air moqueur et tendre à la fois, il en eut le cœur retourné. Jamais il n'avait rien vu d'aussi beau. Au même instant, le téléphone se remit à sonner… Cette fois, Marit éclata de rire tandis qu'il saisissait l'appareil en le foudroyant du regard.

— Oui ? tonna-t-il.

— Lykos ? C'est Theron. Il faut que tu viennes, j'ai besoin de toi. Tout de suite.

9.

Marit contempla le beau profil de son amant et repensa à leurs étreintes fabuleuses de la nuit passée. Cela aurait été plus facile de se résigner à l'avenir qui l'attendait si elle n'avait pas vécu ces moments merveilleux. Si elle n'avait pas découvert ce à quoi elle n'aurait jamais droit.

L'amour.

Non. Elle n'était pas amoureuse de Lykos et lui ne tomberait jamais amoureux d'elle. Il comptait beaucoup pour elle, bien sûr, sans cela, elle n'aurait jamais pu se donner à lui. Mais… l'aimer ? Non. Marit avait passé toute sa vie à rechercher l'amour, sous une forme ou une autre. Jusqu'à ce que son existence soit complètement chamboulée du jour au lendemain. Et qu'elle décide de partir à Paris pour se marier, après avoir renoncé pour toujours à l'espoir d'aimer et d'être aimée.

Cela aurait été plus facile de rentrer à Svardia si elle n'avait pas rencontré Lykos, oui, mais elle ne regrettait rien.

Et lorsqu'il tourna soudain la tête vers elle, Marit vit une telle inquiétude dans les yeux gris que son cœur se serra. Elle aurait fait n'importe quoi pour le rassurer.

— Theron ne t'a pas dit pourquoi il avait besoin de toi ?

— Non. Il n'avait pas le temps, Summer l'attendait. S'il est arrivé quelque chose à Katy, leur petite fille…

Limitée par sa ceinture de sécurité – le jet privé avait amorcé la descente au-dessus d'Athènes –, Marit lui posa la main sur le bras. Le fait qu'il ne repousse pas son geste en disait long. Il se faisait un sang d'encre pour ses amis.

Dès que le jet se fut immobilisé sur le tarmac, Lykos la laissa descendre devant lui. Puis il l'entraîna rapidement vers la berline noire qui les attendait au bord de la piste. Le chauffeur les salua, les mâchoires crispées, et leur ouvrit la portière. Durant tout le trajet, Lykos serra fermement la main de Marit. Inutile de lui dire que tout irait bien. Mieux valait respecter son silence.

Lorsque le chauffeur ralentit aux abords d'une propriété cossue, la vue des voitures garées ne chassa pas la tension qui les habitait tous les deux – Marit partageant maintenant l'inquiétude de Lykos, sans bien savoir pourquoi. Le chauffeur s'arrêta devant la porte. Lykos lui lâcha aussitôt la main et descendit du véhicule, grimpa les marches en courant puis s'immobilisa, comme s'il se préparait au pire. Au moment où Marit le rejoignit et lui posa la main sur les reins, il se décida enfin à appuyer sur la sonnette.

La porte s'ouvrit presque aussitôt, sur un homme de haute taille, aux cheveux noirs – probablement Theron –, qui demanda en souriant à Lykos pourquoi il avait mis aussi longtemps à arriver. Derrière lui, on entendait de la musique, des bruits de voix, des rires, des exclamations joyeuses… De toute évidence, des gens faisaient la fête, alors que Marit s'attendait à une tragédie…

Une ravissante brune, pas bien grande, apparut à son tour, serrant précautionneusement dans ses bras un bébé minuscule. Summer, devina Marit. La jeune femme parut comprendre leur stupeur plus rapidement que Theron et donna à ce dernier une petite tape sur le bras.

— Tu vois ! s'exclama-t-elle en anglais. Je t'avais bien dit qu'il imaginerait le pire !

— Si je lui avais dit la vérité, il ne serait jamais venu, répliqua l'ami de Lykos en riant.

Avant de cesser de rire en voyant l'expression de Lykos.

— Désolé, mon vieux, reprit-il, l'air sincère.

Summer, tout en tenant son bébé dans un bras, attira Lykos contre elle de l'autre.

— Excuse-le, Lykos. Mais tu sais comment il est… soupira-t-elle en roulant des yeux.

Marit ne put s'empêcher de lui sourire.

— Ne faites pas attention à eux, poursuivit Summer à son adresse. Ce sont des brutes.

Mais de toute évidence, elle ne leur en voulait pas le moins du monde car elle les gratifia d'un regard faussement sévère, avant de leur sourire à tous les deux.

Ensuite, elle se présenta, fit de même pour la petite Katy, en précisant que son vrai prénom était Catherine, avant de les inviter, elle et Lykos, à entrer dans la magnifique villa.

— Pourquoi tant de mystères ? demanda Lykos.

— Nous pensions que tu ne viendrais pas, expliqua Summer.

Elle échangea un regard avec Theron.

— Kyros est là, dit celui-ci.

Lykos hocha brièvement la tête, crispé.

— Bien sûr. C'est ton père, acquiesça-t-il en regardant Summer. J'aurais dû m'y attendre.

Quand il ponctua ces paroles d'un haussement d'épaules, Marit ne s'y trompa pas. Il n'avait pas du tout envie de croiser Kyros, son mentor d'autrefois.

— Et tu aurais trouvé un prétexte pour ne pas venir, enchaîna Theron.

— En effet, reconnut Lykos.

— Tu vois ? fit Theron en se tournant vers Summer.

La jeune femme lui donna un petit coup d'épaule puis se tourna vers Marit.

— Pardonnez-moi, mais votre visage ne m'est pas inconnu… Nous nous sommes déjà rencontrées ?

Il avait fallu dix bonnes minutes pour calmer Summer, complètement paniquée de recevoir une princesse chez elle – alors qu'ils donnaient une petite fête entre amis, en plus –, et pour la persuader qu'elle n'avait pas à respecter de quelconque étiquette. Ensuite, semblant comprendre que Lykos était en proie à un épouvantable chaos d'émotions, Marit s'était mise à parler de Katy avec Theron et Summer, lui permettant ainsi de s'isoler et de se ressaisir.

S'étant trouvé un petit coin tranquille, dans le jardin surplombant la mer Égée dont la vue avait gardé le pouvoir de l'apaiser, Lykos tira sur ses boutons de manchettes puis serra et desserra les poings plusieurs fois de suite, sans que cela ne ralentisse son pouls. Cela lui procura néanmoins un semblant de sérénité, auquel la proximité de la mer était pour beaucoup.

Il savoura la caresse du soleil sur sa peau. À Londres, le soleil pouvait se montrer tour à tour impitoyable, notamment en été, ou d'une timidité irritante. Quant à la pluie… Mais là, en Grèce, Lykos était chez lui. Il se frotta le menton et regretta de ne pas avoir eu le temps de se raser avant de partir. Seigneur, il avait vraiment craint le pire, persuadé qu'il était arrivé quelque chose à Katy. Durant tout le voyage, il avait été ravagé par la peur et la colère. Et maintenant qu'il savait que Katy allait bien, son pouls continuait à battre comme un fou.

En réalité, Lykos savait très bien pourquoi il était dans cet état. En dix ans, il avait accumulé une fortune qui aurait fait pleurer son père et épaté Kyros. Il dominait les marchés financiers, son nom était murmuré dans les cercles fréquentés par les plus grosses fortunes. Il possédait des appartements dans le monde entier, avait les plus belles femmes à ses pieds…

Mais aucune d'entre elles ne lui avait procuré ce qu'il avait partagé avec Marit la nuit passée. La seule femme qu'il ne lui serait jamais permis de garder. Il aurait beau accumuler argent et respectabilité, elle resterait toujours hors d'atteinte. Marit devait rentrer à Svardia où elle épouserait un noble, ainsi que l'exigeait la législation royale. Lykos laissa échapper un rire amer. Il était fabuleusement riche, il avait accompli une ascension spectaculaire, mais cela ne suffisait toujours pas.

Il avait été sincère en disant à Marit que si elle voulait ne pas rentrer à Svardia, si elle voulait recouvrer sa liberté, il ferait tout son possible pour l'y aider.

« Je rentrerai toujours, quoi qu'il arrive. »

La détermination avec laquelle elle avait prononcé ces mots lui avait rappelé l'attitude de sa mère et causé une blessure encore plus profonde, plus sombre, que celle d'autrefois. Lykos revit les grands yeux de sa mère brillant de larmes contenues et sentit la paume se refermer un instant sur sa joue.

« La meilleure façon pour moi de rester en vie, c'est de faire en sorte qu'il ne puisse plus jamais se servir de toi contre moi. »

Une fois que Marit serait sortie de sa vie, il se retrouverait encore plus seul. Le passé se répétait inexorablement…

Une bouffée d'air salé le ramena au présent. Puis il sentit une présence derrière lui, et Kyros apparut à son côté.

Un rugissement monta en Lykos. Trop de souffrances se conjuguaient soudain, mais il avait l'habitude de se dominer, aussi garda-t-il le silence.

— Tu as brillamment réussi, Lykos.

— Oui, c'est vrai. Mais si tu crois que ton compliment signifie quelque chose pour moi, tu te trompes.

Il avait la gorge si nouée que parler lui était douloureux.

— Je t'ai fait beaucoup de tort en te demandant de…

— Tu ne m'as rien demandé, coupa Lykos, les mâchoires serrées. Tu m'as envoyé à sa recherche.

Kyros soupira.

— Oui, je t'ai envoyé à la recherche de Mariam.

Lykos sentit le regard bleu se poser sur son profil. Il se revit dans le Norfolk, quelques mois plus tôt, au moment où il avait aperçu l'homme vibrant d'énergie et de force qu'il avait idéalisé dans sa jeunesse, et où il avait remarqué les rides profondes, les cheveux tout blancs, et la tristesse atténuant l'éclat des yeux bleus, tristesse qui n'était pas due uniquement à la perte d'Althaia.

— Je ne savais pas, Lykos. J'ignorais complètement que Mariam avait un enfant.

— Pourquoi m'avoir envoyé à sa recherche, alors ? Que comptais-tu faire, après que je l'aurais retrouvée ? Tu étais marié, Agyros. Ta femme était malade et tu l'avais trompée.

— Ce qui m'a rapproché de Mariam – et qui l'a rapprochée de moi – ne regarde que nous, déclara Kyros d'une voix lasse mais ferme. J'en ai parlé à Althaia aussitôt après, même si cela n'excuse en rien mon comportement d'alors. Cependant, je n'aurais pas dû me servir de toi pour retrouver Mariam. Mais, et je serais bien incapable de l'expliquer, je les aimais toutes les deux. Et je me suis dit que, maintenant, tu pourrais peut-être comprendre jusqu'où un homme est prêt à aller pour une femme qu'il aime… Je me suis peut-être trompé. Et puis…

Lykos avait mal aux mâchoires à force de les serrer. Le regard de Kyros lui brûlait la peau.

— … ce n'est pas ce que je voulais dire, de toute façon.

— Ah bon ? Il y a autre chose ?

Il se maudit intérieurement. Il réagissait comme un gamin, mais il n'y pouvait rien. Il était hors de lui, fou furieux.

Devinant sans doute sa rage impuissante, Kyros lui posa la main sur l'épaule, mais il se dégagea d'un mouvement brusque.

Kyros soupira lourdement.

— Peu importe ce qui est arrivé autrefois et ce qui arrivera demain, je te dois des excuses, tu es libre de les accepter ou non. Je n'aurais jamais dû te demander de faire cela. Je sais que je t'ai déçu. Et j'en suis sincèrement désolé, Lykos.

Que répondre à ça ? Il n'en savait rien. Il avait passé tellement d'années à en vouloir à Kyros. Parfois, il en était même venu à le haïr. Maintenant, après ces excuses, il ne voyait plus de raisons de continuer comme ça.

— Il faudra du temps, Lykos, mais je te montrerai que je suis sincère, je te le promets. Summer… Le fait de l'avoir dans ma vie… Tout a changé pour moi. Et cela m'a rappelé ce que j'avais raté. Avec toi. Mais je comprends que tu ne partages pas ce que je ressens. Je voudrais seulement… que tu te souviennes de ce que je viens de te dire.

Ils restèrent tous les deux immobiles et silencieux un long moment, puis Lykos finit par hocher la tête, cédant au désir qu'il croyait avoir enterré à tout jamais. Le désir d'avoir une famille. Un foyer.

Assise sur une magnifique terrasse en face de Summer qui berçait Katy dans ses bras, Marit ne pouvait s'empêcher de lorgner du côté de Lykos et Kyros. Il ne lui avait pas fallu longtemps pour comprendre qui était l'homme imposant au regard bleu perçant et aux cheveux blancs comme neige. Et vu ce que Lykos lui avait dit, elle se doutait que leurs retrouvailles ne devaient pas être faciles.

— Depuis combien de temps connaissez-vous Lykos ? demanda tout à coup Summer en souriant.

La bienveillance évidente de la jeune femme la mit à l'aise. Summer lui rappelait un peu sa sœur Freya. Une douleur vive lui traversa la poitrine. Au cours des dernières années, elles ne s'étaient plus parlé aussi souvent qu'avant.

Marit avait été incapable de cacher son ressentiment envers sa sœur à cause du temps qu'elle consacrait à ses devoirs royaux. Son attitude lui rappelait trop celle de leurs parents. Mais à présent, placée dans la même situation, Marit la comprenait. Elle comprenait un peu mieux chaque membre de sa famille. Leur détermination à servir leur pays envers et contre tout. Avec le recul, elle s'en voulait terriblement de s'être comportée de façon aussi égoïste et puérile. C'était comme si le fait d'être vue par Lykos, reconnue par lui, l'avait aidée à mieux se voir et à s'accepter elle-même.

Marit chassa cette pensée et se concentra sur la question de Summer. Comment celle-ci réagirait-elle si elle apprenait qu'ils ne se connaissaient que depuis quelques jours ?

— J'ai l'impression de le connaître depuis toujours.

Elle avait éludé la question, sans mentir pour autant.

— C'est un homme compliqué, fit remarquer Summer.

— Vous trouvez ? répliqua spontanément Marit.

— Pas vous ? demanda Summer en souriant.

Au même instant, Lykos s'avança vers elles et, se penchant doucement, déposa un baiser léger sur la joue de Katy. Puis, à la grande surprise de Marit, il se rapprocha d'elle et lui posa la main sur l'épaule. Summer remarqua son geste et sourit de nouveau. Marit leva les yeux vers Lykos et referma la main sur la sienne.

Il ne lui dirait rien pour l'instant, comprit-elle. Ils en parleraient plus tard.

— Ah, te voilà, dit Theron en apparaissant à son tour. Je t'ai cherché partout.

— On est perdu sans son grand frère ? le taquina Lykos en haussant un sourcil.

— Forcément, quand il est aussi génial que toi, répliqua Theron, avec une humilité feinte.

— Vous n'en avez jamais assez de vos gamineries, tous les deux ? intervint Summer.

— Jamais, affirmèrent-ils d'une seule voix, avant de sourire jusqu'aux oreilles.

Un lien profond existait entre Lykos et son ami. Il s'agissait d'affection et de confiance. D'une relation précieuse qu'elle ne partagerait jamais avec personne, songea Marit avec tristesse.

Après avoir échangé quelques mots avec Theron, Summer se leva et s'éloigna en disant qu'elle allait coucher Katy. Theron la suivit, bientôt rejoint par Kyros qui adressa un sourire si chaleureux à Marit qu'elle en fut bouleversée.

Elle ne ferait jamais partie de cette famille. Ne passerait plus jamais d'après-midi aussi agréable, aussi chaleureux.

— Qu'y a-t-il, ma douce ?

— Hum ? fit Marit en appuyant la joue dans la paume de Lykos.

— Pourquoi cet air triste ?

Impossible de lui répondre, de lui expliquer…

— Je suis un peu fatiguée, c'est tout, répondit-elle avec un sourire forcé.

— Nous allons dire au revoir à tout le monde. Mais d'abord, j'ai quelque chose pour toi.

Des étincelles argentées pétillèrent dans les yeux gris, il tendit la main…

— Un tatouage ! s'écria Marit.

— Éphémère, précisa Lykos.

Marit contempla le ravissant motif avec émotion. Il n'avait pas oublié sa liste… Elle glissa le tatouage éphémère dans son sac, sachant qu'elle ne l'utiliserait jamais. Elle le garderait comme un trésor, un souvenir de la gentillesse de cet homme merveilleux.

En moins de dix minutes, Lykos avait réussi à dire au revoir à tous les invités, s'attirant protestations véhémentes, en grec et en anglais, et gestes affectueux. Mais quand, après avoir embrassé Theron et Summer, il serra la main de Kyros, Marit vit ses deux amis contempler la scène en souriant, visiblement émus.

— Tu es vraiment fatiguée ? Ou tu avais hâte de partir ? demanda Lykos après avoir refermé la porte de la superbe villa.

Elle se mordit la lèvre et le regarda.

— Je vois…, chuchota-t-il avant de l'embrasser sur le front.

Il s'éclaircit la voix, aussi surpris qu'elle par son geste.

— Cela ne te dérange pas de marcher ? demanda-t-il.

Dès qu'elle hocha la tête, il lança sa veste au chauffeur et lui dit qu'il pouvait disposer de sa soirée.

Puis il entraîna Marit dans une petite rue, ôta ses boutons de manchette qu'il fourra dans ses poches et roula ses manches sur ses avant-bras. Il avait l'air si détendu… En outre, ce geste avait quelque chose de symbolique – il avait tellement l'habitude de tirer sur ces boutons de manchette, comme pour vérifier que tout était en ordre…

Mais quand il lui reprit la main, elle oublia tout le reste et décida de savourer l'instant présent.

Ils marchèrent ainsi pendant un moment, en silence, jusqu'à ce qu'il lui lâche soudain la main et l'attire contre lui.

Marit sentit le soupir qui vibra en lui.

— Il s'est excusé.

— Kyros ?

Lykos hocha la tête.

— Je… Je ne sais pas quoi en faire.

Elle réfléchit quelques instants. Pourquoi Kyros avait-il attendu aussi longtemps ? Peut-être parce qu'il ne s'était pas rendu compte plus tôt de la blessure infligée à Lykos…

— Tu n'as peut-être pas besoin de faire quelque chose maintenant. Il te faut sûrement du temps pour… l'assimiler ?

Lykos la dévisagea un instant en silence.

— Je peux t'embrasser ?

L'amour inonda son cœur. L'amour qu'elle éprouvait pour cet homme merveilleux et qu'elle emporterait avec elle et garderait toujours, jusqu'à son dernier souffle.

— Pendant les deux jours à venir, tu n'as pas à me demander la permission.

Elle se pressa contre lui et lui offrit ses lèvres.

De doux, le baiser devint vite brûlant, presque… indécent.

— Nous devrions peut-être aller chez toi, murmura Marit contre sa bouche.

— Bientôt. Avant, je voudrais te montrer quelque chose.

Marit scruta la rue pavée qui s'étendait devant eux, bordée de chaque côté de boutiques et de petits cafés. Un sourire mystérieux aux lèvres, Lykos l'entraîna vers une porte en bois qu'elle n'avait pas remarquée.

La tenant par la main, il franchit le seuil et descendit quelques marches, lesquelles débouchaient sur une sorte de cave. Marit aperçut un bar, en face de petites tables, toutes occupées. Il y avait aussi des gens debout, un verre à la main. La taverne était bourrée à craquer et bourdonnait de voix, de rires… Tournant les yeux, Marit remarqua la petite scène installée dans un angle, puis l'homme assis sur une chaise. Quelques notes de musique résonnèrent, toutes les voix se turent.

— Comment s'appelle cet instrument ? chuchota-t-elle. Ça sonne comme une mandoline, mais avec une tonalité plus grave…

— C'est un *bouzouki*.

Ils s'avancèrent main dans la main et s'arrêtèrent juste devant la scène. Le musicien avait le pied appuyé sur un petit tabouret en bois. L'instrument à long manche était posé sur son genou, ses doigts volaient sur les cordes de métal mais le reste de son corps demeurait parfaitement immobile.

Lykos passa le bras autour des épaules de Marit, puis pencha la tête pour lui chuchoter à l'oreille qu'adolescents lui et Theron venaient ici en douce. Il lui expliqua que cette musique était du *rebetiko* et que, issue des milieux pauvres, elle avait été autrefois associée aux bas-fonds et à l'univers de la criminalité, puis censurée pendant de nombreuses années à cause du côté subversif de ces chansons populaires parlant d'alcool, de drogue, et de politique.

Le musicien se mit à chanter, et les gens commencèrent à taper du pied en rythme, de plus en plus fort. Puis ils frappèrent dans leurs mains en dansant sur place tandis que la musique prenait de l'ampleur, comme si elle était jouée par un orchestre entier. Marit sentit la mélodie se déployer dans son cœur et en reconnut les accents rebelles. Cette musique parlait de manque, de lutte, un peu comme le blues, mais différemment.

Soudain, elle vit qu'elle s'était mise à danser, sans même s'en rendre compte…

— Tu n'as pas encore mal aux pieds ? lui chuchota Lykos à l'oreille.

— Pourquoi ? répliqua-t-elle, confuse.

— Ta liste… Tu voulais assister à un concert. Cet endroit est le meilleur que je connaisse.

Sa liste. « Assister à un concert. » « Danser jusqu'à en avoir mal aux pieds. »

Lorsque Lykos la regarda, les mots lui montèrent aux lèvres. Elle aurait voulu les prononcer. Lui dire qu'elle l'aimait. Mais c'était impossible. Elle ne pouvait lui faire un tel aveu avant de s'éloigner de lui pour toujours.

Marit se haussa sur la pointe des pieds et l'embrassa, pour lui dire tout ce qu'elle ne pouvait pas dire avec des mots. Elle le fit avec une telle passion que les gens commencèrent à rire autour d'eux, à siffler. Lykos sourit contre ses lèvres et lui enlaça la taille, puis l'entraîna en sens inverse, jusqu'aux marches qu'ils gravirent enlacés.

10.

Lykos se réveilla en sursaut, le souffle précipité et le cœur battant à tout rompre. Il se retourna dans le lit… Marit n'était plus là. L'inquiétude le gagna, bien qu'il soit certain qu'elle n'avait pas quitté l'appartement. Il paniquait parce qu'il se rendait compte qu'il se réveillerait ainsi chaque matin, seul, jusqu'à son dernier jour.

Il ne respira mieux que lorsqu'il l'aperçut sur le balcon qui donnait sur la mer Égée, mais son cœur ne ralentit pas pour autant. Marit portait l'une de ses chemises, le coton bleu ciel l'enveloppait et ondulait légèrement, soulevé par la brise matinale. Sa chevelure ruisselait sur ses épaules et chatoyait au soleil… Et soudain, Lykos comprit pourquoi il se sentait aussi désorienté.

Il avait dormi. Non seulement il n'avait même pas entendu Marit se lever, mais il ne se souvenait de rien depuis l'instant où il l'avait fait entrer dans sa chambre la veille au soir.

Qu'est-ce qu'il lui arrivait ? Il n'avait pas bu une goutte d'alcool chez Theron, pourtant.

« Je t'ai déçu. Et j'en suis sincèrement désolé. »

Les excuses de Kyros lui revinrent, comme chuchotés par la brise. Il ne savait toujours pas quoi en faire. Ces paroles réveillaient une part de lui-même qu'il croyait disparue à jamais. Lykos se sentait déstabilisé mais, en même temps, il éprouvait une sensation de calme, de paix intérieure. Il avait été entendu, reconnu.

Brusquement, il entrevit ce que Marit avait tenté de faire en épousant cet André. Elle refusait d'être liée pour la vie à un homme indifférent à ses besoins, ses passions, ses dons si précieux. Ces qualités uniques dont Lykos aurait aimé que le monde entier profite. Une douleur lui traversa la poitrine. En rentrant à Svardia, Marit sacrifierait sciemment ses besoins vitaux pour son pays et sa famille. Cette injustice le révoltait. Pour la première fois de sa vie, il se sentait complètement impuissant.

Non. Ce n'était pas la première fois.

Les souvenirs rejaillirent, impitoyables. Sa mère s'éloignant sans un regard en arrière, ses dernières paroles restant gravées en lui pour toujours.

Un cri muet monta du tréfonds de lui-même. Un cri de protestation phénoménal. Il ne revivrait pas cela. Plus jamais. Il montrerait à Marit qu'elle avait le choix. Qu'elle avait droit à un avenir personnel, hors de Svardia, loin de son devoir et de gens incapables de l'apprécier à sa juste valeur. Elle pouvait se créer son propre avenir, avec lui. Lykos se fichait de tout le reste. Les actions d'Aleksander, ce salopard de Kozlov, tout.

Marit ferma les yeux pour mieux savourer la caresse de la brise sur sa peau et sentit, plus qu'elle n'entendit, s'approcher Lykos.

Les yeux toujours fermés, elle se retourna en souriant.

— Marit…

Elle tendit les mains vers lui, rouvrit les yeux et lui offrit ses lèvres. Il prit sa bouche avec passion tandis qu'elle le serrait farouchement contre lui. Il se laissa faire, le baiser dura longtemps, mais il finit par détacher les lèvres des siennes et redressa la tête.

— Ne retourne pas là-bas. Je te donnerai tout ce dont tu as besoin, je t'emmènerai où tu voudras. J'exaucerai tous tes souhaits, de toutes les listes que tu inventeras.

Les larmes emplirent ses yeux, mais Marit les retint de toutes ses forces.

— Nous nous enfuirons. Je nous trouverai la plus belle maison du monde, et tu l'empliras de musique chaque jour. Tu chanteras chaque jour. Nous danserons chaque jour. Je…

— Arrête, Lykos, l'interrompit-elle en secouant la tête.

Elle craignait trop de céder, d'accepter ce qu'il lui offrait, parce que c'était ce qu'elle désirait le plus au monde. Mais soudain, elle vit le changement qui s'opérait en Lykos. Il serra les mâchoires, ses beaux yeux gris s'assombrirent. Il avait pris sa réaction pour un rejet.

— Non, Lykos…

D'un mouvement brusque, il s'écarta et empoigna la balustrade tandis qu'une douleur atroce traversait Marit.

— Je ne pourrai jamais être assez bien pour toi, c'est cela ? demanda-t-il, le regard fixé au loin.

— Comment peux-tu penser une chose pareille ?

— Tu vas peut-être me dire que le fait d'avoir grandi dans un orphelinat n'a rien à voir avec ton refus d'être avec moi ?

— Lykos ! s'écria-t-elle, horrifiée. Regarde-moi.

Il demeura immobile un long moment puis finit par se tourner vers elle.

— Tu es constitué de tout ce que tu as accompli, de tout ce que tu as vécu, Lykos. C'est tout cela qui fait que tu es toi. Tu ne devrais pas renier ton passé, parce que c'est justement ce passé qui t'a conduit à faire tellement de choses incroyables. C'est ce passé qui te permet de voir ce que la plupart des gens ne voient pas, qui te rend si généreux avec ceux qui le méritent, et aussi ce qui te rend si précieux, et si merveilleux pour moi.

Il ne la croyait pas. Marit le vit dans ses yeux.

— Alors, dis-moi, si la législation royale n'existait pas, m'épouserais-tu ? demanda-t-il lentement.

Les larmes lui brouillèrent la vue. Même s'il lui avait demandé de l'épouser, elle n'aurait pas pu accepter.

— Non.

— Mais tu aurais épousé André ? Et cela n'a rien à voir avec mes origines ? lança-t-il, sa voix vibrant de colère et d'incrédulité.

— Non.

— Mais qu'est-ce que c'est, alors ?

— Moi ! s'écria Marit. C'est moi ! J'ai changé, Lykos. Quand je me suis enfuie pour épouser André, je ne pensais qu'à moi. J'ignorais qu'Aleksander ne désirait pas que je fasse un mariage avantageux, mais qu'il en avait besoin. En tant que deuxième dans l'ordre de succession, je dois épouser un noble, pour le bien et la sécurité de la famille royale et de notre pays. Épouser André ou t'épouser serait égoïste.

Elle s'interrompit et secoua la tête, le cœur brisé.

— Si je veux faire les choses correctement, je dois aller jusqu'au bout, y compris épouser un homme que je n'aurai pas choisi.

Lykos la foudroya du regard.

— Et tu ne le fais pas pour essayer de prouver que tu es digne d'une famille qui ne t'a jamais vue, ni aimée, telle que tu es vraiment ?

Sa question atteignit Marit en plein cœur. Il y avait du vrai dans ce qu'il disait, mais en partie seulement. Ces derniers jours, elle avait énormément changé – grâce à Lykos. Elle s'était épanouie dans la liberté qu'il lui avait accordée et, ce faisant, elle s'était trouvée, même si cela lui avait coûté son cœur.

— Dis-moi que tu ne m'aimes pas, reprit-il, sans même attendre de réponse à sa question.

Tout en elle brûlait de lui dire qu'elle l'aimait. Mais elle ne pouvait pas le dire.

— S'il te plaît, Lykos. Ne me force pas à faire ce que l'on t'a déjà fait, à te dire que je t'aime avant de te quitter.

Il ferma les yeux, inspira profondément puis les rouvrit et déclara d'un ton brutal :

— Ils ne te méritent pas.

Marit baissa la tête, incapable de soutenir l'éclat incendiant le regard de Lykos et terrassée par la douleur qui lui labourait le cœur.

— Peut-être. Mais tu oublies Svardia.

Elle redressa la tête, sans craindre de dévoiler sa souffrance. Un sanglot monta de sa gorge.

— Je suis désolée, chuchota-t-elle à travers ses larmes.

Elle répéta cette pauvre petite phrase, encore et encore, jusqu'à ce que Lykos la prenne dans ses bras et la serre tendrement contre lui.

Quand les sanglots finirent par s'espacer, il repoussa ses cheveux en arrière et lui embrassa le front, les paupières, les joues, comme s'il voulait absorber son chagrin en même temps que ses larmes. Puis, doucement, il baisa ses lèvres, et Marit ouvrit la bouche.

Le désir qui la dévorait était si puissant qu'il ne serait jamais rassasié, mais, égoïstement, elle voulait le vivre. Une dernière fois.

Lorsqu'elle répondit avec passion aux caresses de ses lèvres et de sa langue, Lykos éprouva un sentiment extraordinaire de… pouvoir. La force de leur désir le grisa.

L'excitation l'emportait comme un courant brûlant, il se consumait pour cette femme délicieuse. Pour elle et seulement pour elle. Son cœur frémissait douloureusement mais il s'en occuperait plus tard, après qu'il aurait ramené Marit à Svardia. Car il ne ferait rien qui puisse l'écarter de ce qu'elle estimait être son devoir, sa place. Il avait senti sa résolution, il l'avait vue dans sa façon de carrer les épaules. Elle ne rentrait pas à Svardia parce qu'elle s'y sentait obligée ; elle le faisait parce qu'elle éprouvait le besoin de le faire pour sa sœur, sa famille et son pays.

Lykos écarta la bouche de la sienne et contempla son beau visage, ses yeux où étincelaient des éclats d'or et de jade. Ses lèvres gonflées par leurs baisers, ses hautes pommettes roses. Ils se dévisagèrent en silence, le souffle court.

Si cela devait être leur dernière journée, il ferait en sorte qu'elle soit extraordinaire.

Sans dire un mot, il souleva Marit dans ses bras tandis que d'instinct, elle enroulait les jambes autour de sa taille. Il reprit sa bouche avec passion, la dévora, sa langue dansant avec la sienne, la taquinant, la repoussant pour mieux l'enlacer. Marit répondait à chaque caresse, chaque provocation, partageant son impatience. Elle s'accrochait à lui avec force. Il aurait voulu ne jamais la lâcher, ne jamais la laisser partir. Or il devait la laisser s'en aller. Elle s'était épanouie, elle avait changé, elle était devenue la femme qu'elle était destinée à être et, demain, elle prendrait son envol.

En proie à un désir lancinant de plus en plus impérieux, Lykos glissa la main entre les cuisses à la peau douce. Pour un peu, il l'aurait prise là, debout, sur le balcon.

— Oui… murmura-t-elle en écartant légèrement les lèvres des siennes.

Comme si elle avait deviné ses pensées. Mais il la voulait confortablement installée, aussi il brida son impatience et regagna sa chambre. Là, il s'arrêta à côté du lit puis laissa couler lentement le corps souple contre lui... Mais dès qu'elle posa les pieds sur le parquet, ils se jetèrent littéralement l'un sur l'autre avec la même fièvre, s'arrachant le peu de vêtements qu'ils portaient, avant de tomber enlacés sur le lit.

Lorsque Lykos s'agenouilla devant elle et lui écarta les jambes, Marit ferma les yeux et retint son souffle. Il la caressa avec une lenteur presque insupportable puis pencha la tête et donna un petit coup de langue qui lui arracha une plainte. Il recommença, lui lécha le clitoris en même temps qu'il introduisait un doigt en elle. Le plaisir déferla dans tout son corps, si pur, si intense qu'elle poussa un cri et se mit à trembler.

Elle savoura chaque coup de langue, chaque étincelle de plaisir qui pétilla en elle. Chaque geste d'amour. Parce qu'elle savait maintenant que Lykos partageait son amour. Et en avoir conscience la grisait, lui donnait une force inconnue. Quand il la fit basculer dans la jouissance, le plaisir qui l'inonda fut si intense que Marit eut l'impression de se dissoudre et s'abandonna au déluge de sensations qui la submergeaient, certaine que Lykos la ramènerait sur terre, vivante et entière.

Lorsqu'elle reprit ses esprits, elle reposait contre le torse musclé, enveloppée par les jambes de Lykos qui lui caressait doucement les bras. Il avait le menton appuyé sur le dessus de sa tête, et elle aurait voulu qu'il y reste toujours.

Il y avait tant de choses qu'elle aurait voulu faire. Tant de choses qu'elle aurait aimé lui dire : qu'elle regrettait de ne pas être celle qu'il méritait, celle qu'il lui fallait ; qu'elle souffrait de devoir s'éloigner de lui, de son amour ; qu'il l'avait changée de façon fondamentale.

L'imaginer continuant sa vie seul lui était insupportable. Elle désirait plus que tout que Lykos soit heureux, même si elle-même n'aurait jamais droit au bonheur.

Un sanglot monta de sa gorge, mais Marit le réprima farouchement. Elle ne pleurerait plus. Il leur restait trop peu de temps.

— Tu mérites de trouver l'amour, Lykos.

— Toi aussi, répliqua-t-il d'une voix dure.

C'était sa façon de lui faire comprendre que son futur serait le même que le sien, même s'ils ne le vivaient pas ensemble.

Marit grimpa sur lui. Ses lèvres avaient besoin des siennes, son corps avait besoin de ses caresses et de son amour.

Ils enchaînèrent les étreintes, mêlant la passion et la tendresse, l'ardeur et la lenteur. Ils bavardèrent, dégustèrent les mets exquis commandés par Lykos, arrosés de champagne millésimé. Ils firent l'amour jusqu'aux premières lueurs de l'aube et regardèrent en silence le soleil se lever au-dessus de la mer Égée.

L'heure du départ avait sonné.

11.

Le retour à Svardia fut trop rapide. À partir du moment où le jet privé de Lykos décolla, Marit eut l'impression que le temps s'écoulait de plus en plus vite, et elle se retrouva en un clin d'œil dans l'allée conduisant à l'entrée principale du palais.

Tout lui semblait familier, mais elle éprouvait néanmoins une sensation d'étrangeté. Comme si ce qu'elle vivait arrivait à une autre, comme s'il s'agissait d'un rêve.

N'était-elle vraiment partie que cinq jours ? Elle repensa au moment où Lykos était venu l'enlever à l'hôtel, le matin où elle aurait dû épouser André.

En vérité, c'était un miracle qu'aucun journaliste n'ait été témoin de cette scène rocambolesque. Sans doute Lykos y était-il pour beaucoup.

Durant tout le vol, Marit avait gardé les yeux tournés vers le hublot, incapable de le regarder. Elle avait senti son regard posé sur elle à plusieurs reprises, mais il n'avait pas tenté de rompre le silence. Peut-être avait-il compris qu'elle en avait besoin. Si elle l'avait regardé, lui avait parlé, elle l'aurait supplié de la remmener en Grèce. De lui accorder un jour de plus, une semaine, un mois, une année. L'éternité.

Elle avait été sincère en disant qu'elle rentrerait toujours à Svardia. Maintenant arrivée, elle revit en pensée le moment où le jet s'était immobilisé sur la piste aménagée dans les jardins du palais. Elle se revit détacher sa ceinture de sécurité, se lever et lisser son pantalon froissé, pendant que Lykos s'entretenait avec les membres de l'équipage. C'était terminé. Dès qu'elle aurait posé le pied sur le sol de Svardia, elle ne pourrait plus revenir en arrière. Elle se rendrait directement au bureau de son frère, le roi. Il déciderait du moment où les services du palais annonceraient à la presse que Freya renonçait à son titre et que Marit devenait par conséquent la deuxième dans l'ordre de succession au trône. Et, connaissant Aleksander, il ferait en sorte qu'elle soit fiancée au moment de l'annonce.

Fiancée à un candidat approprié.

Son cœur ne s'en remettrait jamais, mais elle y garderait son amour pour Lykos, et celui qu'il lui portait en retour. Cela lui suffirait.

Et cette fois, quand elle avait senti son regard se poser sur elle, juste avant qu'elle ne descende les marches d'acier, Marit avait tourné les yeux vers lui, puis hoché la tête une seule fois, comme elle l'avait vu faire.

Lykos attendait dans le couloir, à proximité du bureau d'Aleksander, et aussi loin que possible de Marit. Dès l'instant où ils avaient quitté l'appartement d'Athènes, elle s'était fermée à lui. Et à bord du jet, elle avait gardé les yeux résolument tournés vers le hublot. Son attitude l'avait profondément blessé, choqué, mais il la comprenait et respectait sa décision.

« Je rentrerai toujours. »

Marit ne lui avait jamais menti. Alors d'où lui venait cette impression tenace qu'ils se mentaient à eux-mêmes ?

Levant les yeux, Lykos contempla les plafonds tarabiscotés, de ce même style baroque qui caractérisait le Rilderdal Palace dans son entier. Tout en lui se révoltait contre cet étalage de richesse, ce snobisme, parce que désormais il les voyait comme des symboles de négligence affective et de manipulation émotionnelle.

Il secoua la tête et regarda Marit – la princesse Marit – immobile de l'autre côté d'un petit vestibule, moins de trois mètres plus loin, mais séparée de lui par un mur invisible. Il serra les mâchoires, se raccrocha à sa promesse. Il respecterait sa décision.

La porte du bureau s'ouvrit, une jeune femme brune en sortit et sourit avec bienveillance à Marit.

— Henna..., dit Marit en la prenant dans ses bras.

Elle recula d'un pas.

— Tu as des nouvelles de Freya ? J'essaie en vain de la joindre.

— Elle va bien, répondit la prénommée Henna. Elle est difficilement joignable en ce moment.

La jeune femme tourna brièvement les yeux vers Lykos et le salua d'un hochement de tête déférent. Il faillit éclater de rire. D'un rire cynique et amer. Parce qu'il ne faisait pas partie de ce monde et n'y aurait jamais de place.

— Aleksander vous attend tous les deux, reprit-elle.

Marit tourna les yeux vers lui. Ils se dévisagèrent en silence puis s'avancèrent vers la jeune femme qui tenait la porte ouverte et entrèrent ensemble dans le bureau du roi tandis que la porte se refermait sur eux.

Appuyé contre son bureau, le roi fouillait dans une grande enveloppe en papier kraft. Lykos ne fut pas dupe. Il connaissait suffisamment Aleksander pour savoir qu'il était expert dans l'art de dissimuler son jeu.

Mais Lykos en avait assez de jouer et il n'avait plus rien à perdre. Les actions qu'il avait tant convoitées avaient perdu tout intérêt pour lui. Il laisserait volontiers quelqu'un d'autre s'occuper de ce salaud de Kozlov. Il était là pour une seule raison. S'assurer que Marit était bien rentrée et en sécurité. Ensuite… Il aurait besoin d'alcool. De beaucoup d'alcool.

— Toujours célibataire ? demanda Aleksander à sa sœur sans autre préambule.

— Oui. Toujours célibataire.

Lykos serra les poings derrière son dos, mais Aleksander tourna brièvement les yeux vers lui comme s'il avait perçu son geste, avant de se concentrer à nouveau sur Marit.

— Et tu es prête à prendre la place de Freya. À assumer ses devoirs et… ses obligations.

— Oui, acquiesça-t-elle de nouveau.

Elle se tenait à côté de lui avec calme, le dos droit, et pourtant, elle venait de lui briser le cœur en miettes. Il ne pouvait supporter de voir et d'entendre cela. Mais il ne partirait pas. Il resterait pour elle. Parce qu'elle avait besoin de lui, même si elle ne pouvait se permettre de le regarder ou de le toucher.

— André saura se taire ?

— Oui, affirma Lykos à sa place.

Il veillerait lui-même à ce que rien ne vienne plus jamais ternir la réputation de Marit.

Aleksander le gratifia d'un hochement de tête avant de s'adresser de nouveau à sa sœur.

— Je dois reconnaître que je n'avais pas songé à la possibilité d'une telle échappatoire, Marit. Tu m'as impressionné. Si tu t'étais mariée avant de devenir la deuxième dans l'ordre de succession au trône, nous aurions inauguré une nouvelle ère.

Un frisson parcourut Lykos. Pourtant, il savait qu'Aleksander pouvait être dur et ironique.

— Mais peu importe, poursuivit celui-ci. J'ai trouvé le candidat idéal pour toi.

— Très bien, acquiesça-t-elle docilement.

Lykos enrageait en silence. Elle ne se souciait même

pas de savoir avec qui son frère la mariait ? Avec qui elle devrait partager sa vie ? Faire des enfants ?

— Mais nous disposons de très peu de temps, par conséquent le mariage aura lieu dans trois jours. Je suis tout à fait conscient que c'est difficile…

Cette fois, Lykos ne put retenir un juron étouffé, mais audible. C'était ça, la famille de Marit ? Son avenir ?

— … que c'est difficile pour toi, reprit son frère sans se troubler, mais nous n'avons guère le choix.

— J'en suis tout à fait consciente. J'aimerais néanmoins disposer d'un peu de temps pour régler certaines choses avant l'annonce officielle. Si toutefois c'est possible, bien entendu.

Ils discutaient tranquillement. Comme s'il n'était pas là, obligé d'assister à cette comédie sans pouvoir l'arrêter parce que Marit lui avait demandé de ne pas le faire.

— Si tu fais allusion à ton orchestre de jeunes, je m'en suis occupé.

Ce fut le seul instant où Marit réagit. Elle dévisagea son frère en écarquillant les yeux, sidérée, mais se domina aussitôt.

— Cela fera partie de tes fonctions, enchaîna Aleksander

— Merci. J'aimerais leur annoncer personnellement mon changement de statut si tu n'y vois pas d'inconvénient.

Sa requête agaçait son frère, remarqua Lykos en le voyant froncer imperceptiblement les sourcils.

— Fais comme tu l'entends. Tu peux t'en aller.

L'espace d'un instant, il crut qu'elle allait se tourner vers lui, qu'il croiserait son regard une dernière fois. Il vit sa belle bouche trembler une fraction de seconde, puis elle se mordit la lèvre, se détourna de lui, de son frère et quitta la pièce.

Dès que la porte se fut refermée sur elle, Lykos foudroya Aleksander du regard.

— Vous allez vraiment lui imposer cela ? À votre propre sœur ?

— Vous comptez m'en empêcher ?

L'espace d'un instant, Lykos crut la question sincère.

— Elle m'a demandé de n'en rien faire, gronda-t-il.

Alors que tout en lui brûlait d'agir. D'empêcher ce mariage absurde.

Aleksander haussa une épaule et contourna son bureau pour aller s'asseoir. Lykos remarqua alors le dossier ouvert posé devant lui. Il aperçut la photo en couleur et vit le nom du futur époux de Marit.

— Je vais demander à mes avocats de préparer le transfert des actions, dit Aleksander. Je suis ravi de m'en débarrasser. Je déteste cet homme.

Lykos acquiesça d'un bref hochement la tête tout en continuant de fixer la photo. Il enregistra mentalement le nom. Prince Henrik. Le fiancé de Marit ressemblait à un gamin. Il avait beau être prince et correspondre au profil requis, il ne convenait pas à Marit.

— Autre chose ? s'enquit Aleksander.

Levant les yeux, Lykos soutint le regard du roi en silence, sans prendre la peine de dissimuler sa déception et sa désapprobation. Il était trop en colère. Sans dire un mot, sans même saluer Aleksander, il tourna les talons et sortit de la pièce en claquant la porte derrière lui.

Puis, fou de rage, il donna un coup de poing dans le mur du couloir, faisant sauter des petits morceaux de plâtre peint et s'abîmant les jointures. Mais cela ne le soulagea pas. Rien ne le soulagerait. Pas maintenant, en tout cas.

Marit eut beau rajouter un plaid en mohair sur la couette, elle continua de trembler de la tête aux pieds. Elle avait pris la bonne décision, se répéta-t-elle encore une fois.

Dans trois jours, elle serait mariée. Peu importait avec qui. Ce ne serait pas Lykos, de toute façon. Or c'était de lui et uniquement de lui dont elle avait besoin. Il était le seul qu'elle aimait et aimerait jamais. Cette certitude ne fit que redoubler sa tristesse et son sentiment de solitude.

Elle voulait parler avec Freya. S'entendre confirmer qu'elle avait pris la bonne décision. Mais si sa sœur apprenait combien il lui en coûtait, elle ne la laisserait pas épouser un étranger. Freya avait un cœur immense et elle réfuterait sans hésitation la décision de sa benjamine, sans se soucier des conséquences que cela entraînerait pour elle-même. Or il était temps pour Marit d'assumer ses responsabilités et son devoir.

Se tournant vers la table de chevet, elle prit son téléphone et sélectionna le numéro de Freya, tout en sachant que, où qu'elle soit en ce moment, sa sœur ne prendrait sans doute connaissance de son message qu'après son mariage. Marit retint un petit rire triste en se rendant compte que sa sœur n'y assisterait pas.

« Merci de laisser un message après le bip. »

— Bonjour, Freya, c'est moi. Je… Je suis désolée de m'être enfuie. Et de t'avoir probablement inquiétée. Je ne sais pas où tu es. Tu t'es peut-être enfuie toi aussi…

Cette pensée la fit sourire un peu.

— Je devrais m'inquiéter ? poursuivit Marit, plaisantant à moitié.

Elle s'interrompit et inspira profondément.

— Merci. Je crois que je ne te l'ai encore jamais vraiment dit. Mais merci d'avoir été ma sœur et de m'avoir apporté tout ce dont j'avais besoin.

Tout en prononçant ces mots, elle comprit combien ils étaient justes. À chaque blessure, chaque moment douloureux, Freya avait été là. Et Aleksander aussi, même s'il gardait ses distances.

— Je sais que je n'ai pas été une petite sœur facile et que tu as dû avoir envie de m'étrangler plus d'une fois. Tout était difficile avec nos parents, mais je… je me suis toujours sentie aimée grâce à toi. Je n'en avais pas conscience sur le moment, mais je le sais maintenant. J'ai…

Elle s'interrompit de nouveau pour chercher ses mots.

— Je sais ce que c'est maintenant que d'être aimée. Je sais que, quoi qu'il arrive, j'aurai toujours cela. J'ignorais que c'était si rare, que l'amour procurait une vraie sécurité.

Marit l'ignorait avant Lykos. Grâce à lui, à son amour, elle avait découvert sa propre force. Sans cette force, elle n'aurait jamais pu rentrer à Svardia.

— Je tiens à ce que tu saches que je fais ce que je fais parce que je le désire. J'assume pleinement mon nouveau statut et mon nouveau rôle et je suis prête à remplir mes devoirs. Mais j'aimerais tellement que tu sois là. Je ne sais pas si tu auras ce message à temps, mais mon mariage aura lieu dans trois jours. Alors… si tu peux, je serais vraiment très heureuse que tu viennes. Je t'aime, Freya, acheva-t-elle avant de fondre en larmes.

Ensuite, elle parcourut ses contacts enregistrés et trouva le numéro ajouté chez Theron et Summer.

Summer, dites à Theron que Lykos a besoin de lui, SVP. C'est urgent. Merci beaucoup.

Marit

Elle appuya sur « Envoyer » puis supprima le numéro de Lykos, le SMS envoyé à Summer, et éteignit son téléphone. La tentation de savoir comment allait Lykos serait trop forte. Or elle devait tenir le coup et épouser le candidat choisi par Aleksander. Elle le ferait pour sa famille, son pays… Le reste n'avait pas d'importance.

Seul dans le salon de ses appartements, Aleksander continua de faire les cent pas. Les choses n'avaient pas évolué dans le sens qu'il espérait. Cela le rendait fou furieux, mais il ne pouvait pas prendre de décision à leur place. Freya et Marit méritaient tellement mieux. C'était pour cette raison qu'initialement il avait mis ce plan en place.

Il s'arrêta devant la fenêtre et contempla les jardins en espérant qu'elles reprendraient leurs esprits à temps, lorsque des coups discrets furent frappés à la porte.

C'était Henna, l'assistante et amie de Freya qu'il avait été obligé de mettre dans la confidence, bien que répugnant à une telle démarche. Mais il n'avait pas eu le choix.

— Ils attendent, Majesté.

— Allez-y.

Se retournant, Aleksander vit un éclat furieux traverser les yeux d'Henna. Comme si elle voulait le réprimander. Cette pensée était presque risible. Cela faisait des années que personne ne s'y était risqué. Il se contenta de soutenir son regard jusqu'à ce qu'elle se ressaisisse – ce qui prit un certain temps. Mais il était patient, et il en profita pour essayer de rafraîchir ses souvenirs concernant la famille d'Henna.

— Vous avez une sœur, n'est-ce pas ? demanda-t-il soudain.

Elle le dévisagea un instant en rougissant.

Étrange.

— Oui, Majesté.

— Célibataire ?

— Oui, Majesté.

— Votre mère est marquise, je me trompe ?

Cette fois, elle serra les mâchoires.

Intéressant.

— Oui, Majesté.

— Et votre sœur…

— Elle héritera du titre. Oui, Majesté.

Aleksander haussa un sourcil désapprobateur, et… elle fit de même.

Fascinant !

— Nous en avons terminé, je crois, déclara-t-elle sans ciller.

— Pour l'instant, répliqua-t-il, le regard rivé au sien.

Elle fit aussitôt volte-face et quitta rapidement la pièce.

12.

Lykos ne voulait pas quitter Svardia, laisser Marit, mais il avait compris qu'il devait partir et décidé de retourner à Paris, où tout avait commencé.

À son arrivée à l'appartement, il s'était retrouvé devant la robe de mariée restée en tas au milieu du salon, comme si Marit venait d'en émerger. Il l'avait laissée là et s'était dirigé vers sa chambre, avant de prendre la plus longue douche de sa vie, dans l'espoir de se débarrasser de ces choses qui l'encombraient. Même la saleté des rues d'Athènes ne s'était pas incrustée ainsi en lui, dans sa peau, son psychisme.

Il resta immobile sous le jet puissant jusqu'à ce qu'il n'y ait plus d'eau chaude. Mais il ne bougea toujours pas, insensible à l'eau glacée.

S'il était insensible, pourquoi continuait-il de souffrir ?

La réponse était simple. Il la connaissait déjà.

Parce qu'il l'aimait et l'aimerait toujours.

Ce fut comme un déclic. Lykos ferma le robinet, poussa brutalement la porte vitrée de la douche et regagna sa chambre.

— Ça alors ! Tu te balades toujours en tenue d'Adam ?

— Seulement lorsque j'ai des visites surprises, répondit-il sans même tourner les yeux vers Theron…

Ni s'étonner que son ami soit là, dans son appartement. Il n'en avait pas l'énergie.

Il se dirigea vers le dressing, empoigna un pantalon large en lin et un T-shirt blanc à manches longues.

— Ce n'est guère mieux, fit Theron, debout sur le seuil, les mains sur les hanches. On dirait un mannequin qui va poser pour un catalogue de vente par correspondance.

Lykos se contenta de lui lancer un regard noir et sortit de la pièce, forçant ainsi Theron à reculer pour le laisser passer.

— Comment es-tu entré ? demanda-t-il en se dirigeant vers le bar.

Il prit un verre et le remplit de whisky jusqu'à ras bord.

— Je dirige une entreprise de sécurité réputée dans le monde entier, Lykos. Si je n'avais pas réussi à entrer, cela aurait été inquiétant.

Après avoir acquiescé d'un bref hochement de tête, Lykos avala son whisky cul sec et s'en versa un autre.

— Tu m'en offres un, ou tu comptes boire la bouteille tout seul ?

— J'avais l'intention de boire toute la bouteille, en effet, et je te trouve un peu gonflé de ne pas avoir apporté la tienne, répliqua Lykos, ignorant délibérément la robe de mariée que Theron contemplait d'un air perplexe.

Lykos ouvrit la porte-fenêtre et sortit sur la terrasse pieds nus. Après avoir posé son verre sur une chaise, il commença à mettre des brindilles et du bois dans le brasero, tout en se demandant s'il pourrait caser la robe dessus telle quelle, ou s'il allait devoir la couper en morceaux. Mais lorsqu'il s'imagina assis là avec une paire de ciseaux à la main, coupant une robe de mariée en lanières et les jetant dans le feu…, il se rendit compte que la scène aurait quelque chose de franchement pathétique. Mieux valait attendre que Theron soit parti.

À cet instant, son ami sortit à son tour et s'arrêta devant la balustrade pour contempler les toits de Paris.

— Il y a pire, comme vue, dit-il avec humour.

Lykos retint un grognement. Puis il gratta finalement une allumette qu'il jeta à la base de la pyramide qu'il venait de construire et recula pour regarder le feu prendre en regrettant son geste qui lui faisait bien sûr penser à Marit.

— Tu vas bien, Lykos ?

— Ne joue pas les nounous, Theron. Oui, je vais bien !

— Menteur.

L'espace d'un instant, il se demanda s'il avait entendu la voix de Theron, ou celle de Marit.

— Tu crois qu'après tout le cirque que tu nous as fait, à Summer et à moi, tu vas t'en tirer comme ça ? Eh bien, tu te trompes, mon vieux !

Theron posa une bouteille de whisky – laquelle ne sortait pas du bar de Lykos –, sur la table et s'installa sur une chaise comme s'il était chez lui.

— Qu'est-ce que tu veux ? demanda Lykos.

— J'aimerais d'abord savoir ce que tu fiches ici alors que tu devrais être à Svardia pour y récupérer ta femme.

— On se croirait dans les années 1980, fit Lykos en roulant des yeux. Marit n'est pas ma femme. C'est une princesse, une vraie, et tu vas la traiter avec tout le respect qu'elle mérite.

— OK ! acquiesça Theron en levant les bras en l'air.

Mais il ne plaisantait qu'à moitié, comprit Lykos. Et il ne lui ficherait la paix que lorsqu'il lui aurait arraché la vérité.

— J'ai bossé comme un malade, j'ai réussi, j'ai gagné. Et tout ça pour quoi ? Pour rien.

— Mais qu'est ce que tu racontes ? s'exclama Theron.

— Je ne suis pas assez bien pour elle.

Lykos baissa les yeux et contempla le sol en teck. Il avait honte. Il se détestait de souffrir autant. Il détestait que Marit lui rappelle sa mère. Il détestait de ne même plus savoir de laquelle des deux il parlait.

— Elle est partie sans se retourner.

Elles l'avaient fait toutes les deux.

Sa vision se brouilla. Il serra les mâchoires dans l'espoir de se ressaisir, de repousser la souffrance qui lui étreignait la poitrine tandis qu'il luttait de toutes ses forces contre une sensation de rejet et d'abandon si vive que, s'il n'avait pas été assis, il se serait effondré sur place.

Dans le silence, il entendit les craquements du feu, le murmure des vagues au loin, si loin, sur les rivages du Pirée…

— Tu n'as jamais cherché à la retrouver, ta mère ?

La question de Theron ne le surprit même pas.

— Elle m'a dit qu'elle partait pour se protéger. Que si elle restait, Aeolus se servirait de moi contre elle et continuerait à lui faire du mal.

Il plongea son regard dans celui de son ami, son frère.

— Alors dis-moi, Theron : comment aurais-je pu chercher à la retrouver ?

— Et après que nous avons su qu'il était mort ? Je ne comprends pas. Tu t'es donné un mal fou pour retrouver la mère de Summer… mais tu n'as jamais essayé de retrouver la tienne.

Ces paroles l'atteignirent en plein cœur.

— Je… commença-t-il en secouant la tête.

Le chagrin et la honte tourbillonnaient en lui, malsains, toxiques.

— Et si elle n'avait pas voulu de moi ? Si elle avait totalement tourné la page et qu'en me revoyant elle l'avait vu lui ? Si je ne pouvais jamais lui causer que de la souffrance ?

La compassion qui emplissait les yeux de Theron faillit faire craquer Lykos. Il secoua de nouveau la tête. Son vieil ami, plus proche qu'un frère, lui posa la main sur l'épaule.

— Nous faisons tous des erreurs, Lykos. Quand on est gosse et que cela vient d'un adulte, on ne comprend pas, on ne peut pas comprendre. Ta mère croyait prendre la meilleure décision, j'en suis certain. Mais si tu veux en avoir le cœur net, si tu veux la retrouver, sache que nous serons là pour te soutenir. Summer, moi, et même Kyros. Tu crois être seul au monde, ne pas avoir de famille, mais nous sommes là. Pour toi. Alors si un jour tu veux la retrouver, dis-le. Et nous la retrouverons.

Profondément ébranlé, Lykos le regarda en silence et prit conscience que jamais, pas une seule fois, il ne s'était demandé si sa mère s'était trompée. Peut-être parce que, s'il avait pensé qu'elle avait pris la mauvaise décision, il n'aurait pas pu le supporter.

Il eut l'impression qu'une fissure géante s'ouvrait sous ses pieds.

— Ma mère croyait avoir raison…

— Évidemment, répliqua Theron.

Soudain, il regarda Lykos en fronçant les sourcils.

— Comme Marit, ajouta-t-il.

— Theron… C'est une princesse… Et moi je ne suis qu'un pickpocket qui a réussi brillamment dans la vie…

Son ami demeura silencieux un long moment.

— C'est ce que tu penses ? finit-il par demander. Bon sang, Lykos ! J'ai vu la façon dont elle te regardait !

— Et alors ? Ça ne change rien.

— Tu l'aimes ?

— De tout mon cœur, de toutes mes forces, répondit-il avec conviction.

Il s'interrompit, choqué de sentir les larmes se presser sous ses paupières, et serra les poings pour les retenir.

— Elle se sacrifie, et ils ne s'en rendent même pas compte. Sa famille est supposée la protéger. Si elle épouse ce type, elle en mourra, j'en suis certain. Lentement, à petit feu, jour après jour, ce mariage détruira tout ce qui est beau et pur en elle, acheva-t-il, la voix rauque.

Lykos reprit son verre et avala une gorgée de whisky.

— Tu veux que je fouine un peu dans la vie de ce type et que…

— Et ensuite ? On leur fait du chantage ? Il s'agit de prince, Theron ! De roi !

— Et peut-être que tu te laisses impressionner par ça.

— Comment cela ? gronda Lykos.

— Tu as été le plus grand pickpocket d'Athènes, Lykos. As-tu honte de ton passé au point d'en oublier qui tu as été ? Qui tu es ? demanda Theron en le regardant droit dans les yeux. Tu dis que si elle épouse ce type, elle en mourra ? Alors empêche ce mariage. Fais ce qu'il faut faire pour la sauver. Marit est persuadée d'agir pour le bien de son pays, Lykos, mais si tu dis que c'est mauvais pour elle, je te crois et je te soutiens à cent pour cent.

— Et je fais quoi ? Je l'enlève le jour de son mariage ? À nouveau ?

— Exactement. Mais, cette fois, c'est la bonne !

Le cœur de Lykos se mit à battre à tout rompre. Son énergie lui revint d'un coup.

— Alors ? Qu'est-ce que tu en penses ? demanda Theron.

— J'en pense que le pickpocket du Pirée va accomplir le plus bel exploit de tous les temps, dit Lykos en se levant.

Il sourit à Theron.

— Je vais ravir une princesse.

Marit appuya la main contre le mur de pierre de la chapelle du palais et contempla la double porte de bois derrière laquelle l'attendaient son frère, le prêtre, son fiancé et les invités. Aleksander s'était occupé de tout, elle ne lui avait posé aucune question. Son plus grand regret était que Freya ne soit pas là.

Leurs parents séjournaient toujours à l'étranger, en vertu

du protocole qui, dieu merci, les contraignait à quitter Svardia durant la première année du règne du nouveau souverain. Ils avaient été absents de sa vie, de toute façon. En revanche, Freya lui manquait terriblement.

Un jour, Marit avait cru entendre un membre du personnel parler de son retour au palais, mais elle n'avait pas réussi à en savoir davantage. Et sa sœur ne répondait toujours pas à ses appels. Mais ce qui faisait souffrir le plus Marit, c'était l'absence, le manque de Lykos. Même si elle restait résolue à épouser le prince Henrik et à remplir son devoir.

Elle passa la main sur la soie, lissant des plis imaginaires. Sa robe de mariée était magnifique. Pas vraiment le style qu'elle aurait choisi – la vision de la robe stupéfiante achetée à Milan lui traversa l'esprit… Un bruit de pas résonna derrière elle…

L'espace d'un fol instant, Marit imagina que Lykos venait l'enlever. Son cœur tambourina dans ses côtes, la chaleur lui monta aux joues. Mais tous ses espoirs s'évanouirent quand elle vit Henna s'avancer vers elle.

— Tout va bien ? demanda celle-ci, l'air inquiet.

— Oui… Tout va bien, merci, Henna. Tu n'as pas vu Freya, je suppose ?

Une voile assombrit le regard d'Henna tandis qu'elle secouait la tête et pinçait les lèvres.

Ce n'est pas grave, se répéta Marit. *Tout va bien.* Elle ne souffrait pas.

— Tu es… sûre de toi ? demanda Henna. C'est vraiment ce que tu désires ? Il faut que tu saches que tu as le choix, Marit. Tu n'es pas obligée d'épouser Henrik.

Marit la dévisagea en silence, frappée par le ton de sa voix, par la sincérité et la force avec laquelle Henna avait prononcé ces paroles. Mais elle savait déjà qu'elle n'y était pas obligée. Elle aurait préféré que les choses se passent autrement, mais sa sœur renonçait à son titre, et sa famille et son pays avaient besoin d'elle.

— Oui, je sais, déclara-t-elle avec calme. Je suis prête.

Dès que Marit s'avança dans l'allée centrale, la musique – une version pour orgue seul du Canon de Pachelbel –, monta dans la petite église. Elle portait un voile tout simple, court sur les épaules mais descendant dans son dos et flottant derrière elle. Son frère se tenait à côté de l'homme vu en photo. Le prince Henrik. Il avait l'air… jeune. Au fur et à mesure qu'elle se rapprochait de lui, Marit remarquait toutes les différences avec Lykos. Il n'avait pas ses cheveux brun foncé, ni sa haute taille, ni sa carrure…

Elle se secoua mentalement. C'était cruel de comparer Henrik à un homme dont il n'arriverait jamais à la cheville. Cette union serait différente. Ses pas ralentirent, elle croisa le regard de son frère et y décela une expression inconnue. D'inquiétude ? De sollicitude ? De regret ?

Les battants de la porte s'ouvrirent à grand fracas derrière elle, la faisant sursauter. Tout le monde se retourna…

Se détachant sur la lumière du dehors, Lykos ressemblait à un ange exterminateur inondé de soleil.

Marit le regarda, fascinée. Une mèche brune lui tombait sur le front, lui donnant un air farouche et rebelle. Il s'avança, le prêtre demanda ce qu'il se passait. Aleksander ne bougea pas. Elle aurait dû réagir, arrêter Lykos, mais la détermination emplissant son regard l'hypnotisait, la clouant sur place.

Il la rejoignit en un clin d'œil, se rapprocha d'elle… Leurs souffles se mêlèrent à travers le voile diaphane qui séparait leurs lèvres. Marit se repaissait de sa vue. Son cœur battait si fort qu'elle avait l'impression de l'entendre résonner dans la petite chapelle. Le regard gris argenté descendit sur sa bouche…

— Tu me pardonnes ?

La question était si inattendue que Marit le dévisagea en battant des cils, confuse.

— Te pardonner quoi ? murmura-t-elle.

— Ce que je vais faire, répondit-il avec un sourire dévastateur.

Sur ces paroles, il lui saisit le poignet, se pencha légèrement et la souleva avant de l'installer sur son épaule en se redressant.

— Lykos !

Son cri traversa la petite église, accueilli par un chœur de protestations étouffées.

Lykos s'assura que Marit était bien calée sur son épaule et referma la main sur ses reins puis se tourna vers Aleksander.

— C'est terminé, déclara-t-il. Elle ne sera plus jamais votre marionnette.

Aleksander hocha la tête, et Lykos vit avec surprise… une lueur de satisfaction éclairer les yeux sombres.

— Elle mérite de vous l'entendre dire, Majesté, enchaîna-t-il.

Marit avait besoin de savoir que son frère ne ferait rien pour l'arrêter. Qu'elle avait vraiment le choix.

— Oui. Elle peut partir.

Un soulagement inouï envahit Lykos.

— Et Kozlov ? demanda Aleksander.

— Son sort est désormais entre vos mains, répondit-il sans la moindre hésitation. Je vous ferai transférer mes actions dès demain et je suis certain que vous saurez comment vous débarrasser de lui.

— Vous pouvez compter sur moi, acquiesça Aleksander.

Au moment où Lykos allait se détourner, il le retint d'un geste de la main.

— Elle a besoin de quelqu'un qui se batte pour elle.

Lykos prit ces mots pour un avertissement et une explication. Et, brusquement, il se repassa l'enchaînement des événements et les vit sous un jour totalement nouveau.

Il hocha la tête puis s'avança à grands pas vers la porte restée ouverte, quand il aperçut Henna. Il la remercia d'un hochement de tête, auquel elle répondit discrètement. Sans son aide, Lykos n'aurait jamais pu revenir au palais.

Quand il sortit de la chapelle, des exclamations scandalisées fusèrent derrière lui, jusqu'à ce qu'un « Silence ! » impérieux les fassent taire.

— Lykos…

— Pas maintenant.

Il avait gagné la bataille mais pas la guerre. Il devait se concentrer et ne pas se laisser distraire par Marit. C'était déjà bien assez de sentir ses reins doux et chauds sous sa main…

Arrivant devant son cabriolet, il cliqua sur sa toute nouvelle clé, fournie obligeamment par le concessionnaire, ouvrit la portière et déposa son précieux fardeau sur le siège. Il y avait moins de tulle, cette fois-ci. Mais Marit avait toujours l'air… déguisée.

Il referma la portière et contourna la voiture, s'attendant à moitié à ce que Marit appuie sur le bouton de verrouillage, mais elle n'en fit rien.

— Lykos… commença-t-elle quand il s'installa au volant.

— Pas maintenant, répéta-t-il. Je tiens avant tout à ce que tu saches que tu peux t'en aller si tu veux. Où tu veux. Tu n'as pas à rester avec moi. Tu n'as aucune obligation envers moi, aucune dette. Ta vie t'appartient, à présent. Je sais ce que tu as voulu faire. Aleksander et Freya le savent aussi. Et de toute évidence, cela compte énormément pour eux que tu aies été prête à te sacrifier.

— Ly…

— Aide-moi, Marit, l'interrompit-il en se pinçant l'arête

du nez. Parce que si tu ne me laisses pas parler maintenant, je ne le ferai jamais.

Il n'eut pas besoin de la regarder pour deviner qu'elle se mordait la lèvre.

— Ils te soutiendront quoi qu'il arrive, poursuivit-il. Tout comme toi et Aleksander soutiendrez Freya. Mais tu ne peux pas exister à leurs yeux si tu t'effaces. Et crois-moi, Marit, en épousant ce prince à la noix, tu serais devenue complètement invisible. Alors force-les à te voir en leur montrant qui tu es. En respectant tes choix. Tes vrais choix. Et si je ne fais pas partie de ces choix, je n'insisterai pas et te laisserai tranquille.

Le silence emplit l'espace, vite insoutenable.

— C'est tout ? Tu as terminé ?

— Comment cela ? répliqua-t-il en se tournant vers elle.

— C'était ta grande déclaration ? Choisis moi ? Sinon je disparais ?

— Euh… oui, dit Lykos, un peu perdu.

— Je n'ai pas entendu le mot amour, dans ton beau discours. Pas une seule fois.

Un soulagement immense l'envahit en voyant la lueur taquine qui brillait dans les yeux de Marit. La joie explosa en lui, se répandit dans sa poitrine, dans tout son être.

— Ma princesse adorée, tu es la clé de mon cœur et de tout ce qu'il contient. Il était fermé, verrouillé, jusqu'à ce que tu trouves le moyen d'y pénétrer. C'est toi, la vraie voleuse. Tu as volé mon cœur à tout jamais et je ne veux pas le récupérer. Parce que je t'aime. De toute mon âme, de toutes mes forces. Je t'aime.

Les yeux de Marit étincelaient, les éclats de jade et d'or exprimant un tel amour que Lykos en fut bouleversé.

— Lykos…

Il attendit, mais elle resta silencieuse.

— Oui ?

Doucement, Marit lui prit les mains et les serra entre les siennes.

— Merci, Lykos. Et je suis désolée de t'avoir fait du mal au nom de mon devoir. Mais…

Elle s'interrompit, s'autorisant enfin à croire que c'était réel. Qu'il l'avait libérée du poids qui l'aurait écrasée.

— … Et Freya ?

— Je crois que ton frère a des projets pour elle qui résoudront tous ses problèmes.

— C'est vrai ? demanda-t-elle, le cœur battant d'espoir.

— Oui.

— Je t'aime, Lykos, plus que tout au monde. Je ne savais pas ce que c'était, d'être aimée et d'aimer. Je ne croyais plus en l'amour. Avant de te rencontrer et de tomber éperdument amoureuse de toi. Avec toi, grâce à toi, je me suis sentie unique, désirée et aimée. Et je compte bien te montrer ce que cela représente pour moi, chaque jour, chaque nuit…

Il dégagea ses mains et alluma le contact.

— Il faut partir.

— Pourquoi cette précipitation ? murmura Marit.

— Parce que je suis pressé de te débarrasser de cette fichue robe de mariée que nous n'avons choisie ni l'un ni l'autre et qui était destinée à un autre, dit-il en appuyant sur l'accélérateur.

Épilogue

Installé au soleil sur une chaise longue, les jambes allongées devant lui, Lykos souriait en entendant les enfants glousser comme des petites folles en bas, dans le jardin, lorsqu'il entendit un bruit de pas légers se rapprocher, puis un soupir agacé qu'il connaissait bien.

Tendant le bras, il attrapa sa princesse au passage, la prit par la taille et l'attira sur ses genoux tandis qu'elle se débattait en vain.

— Si je le voulais, je pourrais m'enfuir, tu sais ? dit-elle quand il ouvrit les yeux.

— Oui, je sais que si tu le veux, tu peux réussir tout ce que tu entreprends, répliqua Lykos. Sauf apprendre à jouer du *bouzouki*, peut-être.

Elle leva la main pour lui donner une tape sur le bras, mais, devançant son geste, il l'enlaça et la serra contre lui en l'embrassant dans le cou. Marit renversa la tête en arrière et laissa échapper une plainte ravie. Hélas, ils devraient en rester là pour l'instant car les enfants remonteraient bientôt, impatientes de voir arriver Katy, Theron et Summer.

— Il va falloir être patiente, ma douce, murmura-t-il contre sa peau.

— Cela n'a jamais été mon fort. Mais, heureusement, je t'ai rencontré et j'ai…

Le rire de Marit ruissela en lui tandis qu'il tentait de la faire taire d'un baiser. Leur amour n'avait fait que croître au fil des années. Lykos repensa au jour où il l'avait enlevée pour la seconde fois, avant de la ramener à Paris dans son jet privé. Dès qu'ils étaient arrivés à l'appartement, il l'avait débarrassée de la robe de mariée, la deuxième, et, quand ils avaient reposé enlacés, nus et comblés, il lui avait fait sa demande.

Marit se fit plus câline et se blottit contre lui, sachant très bien pourquoi ils devaient patienter. Ils restèrent ainsi au soleil, sur la chaise longue, savourant simplement le bonheur d'être ensemble, sur la terrasse de leur château

Environ un an après leur mariage, Lykos avait enfin réussi à concrétiser son rêve. Il avait trouvé son château. Ou plus exactement leur château, qui, grâce à Marit, était devenu un lieu de vie chaleureux et convivial.

À présent, le gamin des rues d'Athènes avait obtenu tout ce qu'il désirait et pouvait profiter du trésor le plus précieux au monde : l'amour de sa femme et de ses enfants. Encore maintenant, Lykos s'émerveillait d'aimer Marit chaque jour un peu plus que la veille.

Très vite, elle était retournée à l'université pour entreprendre un master de musique, puis un diplôme de musicothérapeute, tandis que lui continuait à travailler, mais à un rythme beaucoup moins soutenu. L'orchestre de jeunes était une vraie réussite. Marit avait mené son projet à bien avec brio, avant même qu'Aleksander le soutienne ainsi qu'il l'avait promis.

Son smartphone vibra dans sa poche. Il le sortit et trouva un message de sa mère qui confirmait son arrivée prévue deux jours plus tard. Theron n'avait pas mis longtemps à la retrouver. Mais ensuite les choses avaient été difficiles. Sa mère, qui avait trouvé refuge dans l'alcool, entre autres, avait refusé de voir Lykos.

Ce rejet l'avait blessé si profondément que sans Marit il ne savait pas s'il y aurait survécu. Finalement, Kyros était allé la voir et l'avait convaincue d'accepter leur aide. Les années suivantes, elle avait accepté de le revoir de temps en temps, seul, et quelques fois avec Theron. Puis, petit à petit, elle les avait laissés lui parler du fils qu'elle avait abandonné.

Il avait fallu beaucoup de patience, de temps, et de thérapies, pour l'aider à se débarrasser de la honte et de la culpabilité. Mais elle avait fini par demander à voir Lykos et ensuite, ils avaient entamé un lent et douloureux processus de rapprochement et réappris à se connaître.

Jamais Lykos n'oublierait ce que Theron et Kyros avaient fait pour lui. Il leur en serait éternellement reconnaissant.

La sonnette de la porte d'entrée tintinnabula soudain, suivie aussitôt des hurlements de joie de leurs deux filles qui grimpèrent en courant les marches conduisant à la terrasse, qu'elles traversèrent comme des petits bolides pour aller ouvrir la porte à Theron, Summer et Katy.

Lykos voulut soulever Marit, mais elle lui posa les mains sur les bras pour l'en empêcher.

— Elles s'occupent de tout, mon chéri.

— Tu les connais, elles vont terroriser nos invités…

— Ils savent se défendre, ne t'en fais pas. Et j'ai quelque chose à te dire.

— Ah ? Tu vas te mettre à la trompette ? Tu veux une autre robe de mariée ? Tu as une nouvelle liste de souhaits ?

— Non, ce n'est pas ça…

Quand elle se mordit la lèvre, il la regarda avec attention et comprit qu'il s'agissait de quelque chose de très…

— Non… C'est vrai ?

Il se redressa si brusquement que Marit dut s'agripper à ses épaules pour ne pas tomber.

— Tu es sûre ? demanda-t-il, le cœur prêt à exploser.

Elle hocha la tête, ses cheveux blonds chatoyant au

soleil. Lykos se leva en la portant dans ses bras et se mit à tourner sur lui-même.

— Oui, nous allons avoir un autre enfant, lui chuchota Marit à l'oreille.

Theron, Summer, Kathy et les filles apparurent sur le seuil de la terrasse.

— Encore un ? demanda Theron.

— Oui ! répondit Lykos en souriant.

Au cours de l'après-midi, Theron ne rata pas une occasion de les traiter de lapins, évidemment, mais cela n'altéra en rien l'atmosphère chaleureuse et amicale qui régnait entre eux, ni la gaieté et la bonne humeur générale, ponctuées du rire des filles, toutes aussi espiègles et ravissantes que leurs mères.

Et chaque fois qu'il tournait les yeux vers sa merveilleuse princesse, Lykos songeait qu'il était assurément le plus heureux des hommes.

Vous avez aimé *Libre de l'aimer* ?
Retrouvez en numérique votre série
« Le royaume de Svardia » :

1. *Le soldat et la princesse interdite*
2. *Libre de l'aimer*

Et découvrez la suite dès le mois prochain
dans votre collection Azur !

Retrouvez prochainement,
dans votre collection

AZUR

Le diamant d'un Italien, de Julia James - N°4576

« Si vous devenez mon épouse pendant douze mois, je rembourserai votre dette. » Soulagée de voir ses problèmes financiers s'évanouir, Lana accepte l'incroyable demande en mariage de Salvatore Luchesi, le sublime Italien qu'elle vient de rencontrer. Mais très vite elle déchante. Survivra-t-elle à cette union platonique, alors que son corps s'embrase tout entier au côté de Salvatore ? Surtout, supportera-t-elle le jour où leur accord prendra fin et où elle devra renoncer à cet homme hors du commun ?

L'indomptable fiancée, de Louise Fuller - N°4577

Fils illégitime, Achileas Kane est la preuve vivante que les liens du mariage n'ont rien de sacré. Hélas, il doit aujourd'hui se marier s'il veut toucher son héritage ! Refusant de convoler avec l'une de ses prétendantes trop envahissantes, il préfère se tourner vers l'indomptable Effie Price. La jeune femme de chambre, qui travaille dans le palace où il séjourne, n'est-elle pas la candidate parfaite ? Loin de tomber en pâmoison devant lui, elle est la première à lui tenir tête ! Et pour Achileas elle représente un irrésistible défi…

Les mariés de Rio, d'Abby Green - N°4578

En épousant Caio Salazar de Barros, Ana savait à quoi s'en tenir. Leur union de convenance devait prendre fin un an plus tard, une fois la réputation de Caio rétablie et l'avenir d'Ana assuré. Seulement voilà, maintenant que l'échéance est arrivée à son terme, Ana se voit contrainte de passer une ultime journée en compagnie de son troublant époux. Vingt-quatre heures qui pourraient bien tout changer quand, libérés du contrat qui les a liés, Ana et Caio laissent libre cours à une passion aussi inattendue que dévorante…

Liée à Constantin Silvera,
de Jackie Ashenden - N°4579

J'ai commis l'erreur de tomber amoureuse d'un homme inaccessible. Les sentiments que je nourrissais, enfant, pour Constantin Silvera, n'ont fait que grandir au fil des ans. Jusqu'à cette nuit époustouflante que nous avons passée ensemble il y a trois mois… Depuis, tout a changé entre nous. Notre amitié a volé en éclats, tandis que mon amant me rejetait cruellement. Quant à ma vie, elle a pris un tournant inattendu, car me voilà enceinte de Constantin…

Si proche de l'ennemi, de Dani Collins - N°4580

Pour sauver l'entreprise à laquelle elle a tant donné, Ilona s'apprête à épouser l'homme qui veut ruiner sa famille ! En effet, c'est bien connu, mieux vaut garder proches ses ennemis… Et puis, même s'il est cynique et arrogant, Léandre Vasilou pourrait lui apporter l'indépendance à laquelle elle aspire depuis si longtemps. Seul problème : alors qu'Ilona voudrait pouvoir haïr Léandre, et le tenir à distance, son traître de cœur bat furieusement pour lui. Au point qu'elle rêve de voir leur union de convenance se transformer en mariage d'amour…

Promise à un comte, de Nina Milne - N°4581

Parce qu'elle a commis l'impardonnable erreur d'être née fille, Adriana est le mouton noir de la famille. C'est bien simple, son père, lord Salvington, ne la supporte pas ! Mais le jour où leur domaine menace d'être perdu Adriana oublie toute rancœur pour accomplir ce qu'elle sait être son devoir. En proposant à Rob Wilmington, le mystérieux comte de Darrow, de l'épouser, elle scelle bientôt une alliance capable de sauver l'héritage familial…

Un fantasme pour patron, de Lucy King - N°4582

Elle s'est endormie… dans le lit de son patron ! Réveillée en sursaut par la voix furieuse de Duarte de Castro, Orla peine à reprendre ses esprits. Comment expliquer à cet homme intransigeant qu'elle s'est écroulée de fatigue, alors qu'elle préparait la Casa do São Romão en vue de l'arrivée de son propriétaire ? Comment lui révéler qu'elle rêvait de lui au moment même où il surgissait, plus sexy encore que dans ses fantasmes ?

La beauté de Svardia, de Pippa Roscoe - N°4583

SÉRIE : *LE ROYAUME DE SVARDIA* - 3/3

Quatre mois plus tôt, Aleksander est monté sur le trône de Svardia, le royaume de Scandinavie. Une responsabilité à laquelle il était préparé, ou presque. S'il est résolu à transformer son pays en une nation prospère et tournée vers le progrès, l'idée de produire un héritier lui paraît une tâche ardue. En effet, comment s'allier à l'une des femmes insipides qu'on lui présente comme des partenaires idéales, quand son cœur ne bat que pour l'innocente Henna, qu'il n'a pourtant pas le droit de faire reine ?

La princesse du Kansas, de Caitlin Crews - N°4584

SÉRIE : *ROYALEMENT SCANDALEUSE* - 1/2

Delaney travaille dur pour garder à flot la ferme familiale, isolée au milieu des Grandes Plaines du Kansas. Quelle n'est pas sa surprise de voir débarquer un matin un convoi de luxueux SUV, d'où émerge bientôt un homme fascinant... Charismatique et beau comme un dieu, Cayetano Arcieri a une révélation à lui faire : Delaney est une princesse, l'héritière perdue de la Couronne d'Île d'Montagne ! Et s'il est là aujourd'hui c'est pour la ramener dans leur pays, au large de la Méditerranée, où elle deviendra bientôt sa reine...

Amber et le prince rebelle, d'Ally Blake - N°4585

Trahi le jour de ses noces, le prince Hugo fuit en Australie, incognito. Là, il rencontre Amber, une jeune femme dont la liberté de penser et la joie de vivre lui offrent un précieux réconfort. Dans ses bras, il oublie pendant un moment son pays, son devoir... jusqu'à ce que la réalité le rattrape. Quand Amber se découvre enceinte de lui, Hugo n'a d'autre choix que de lui révéler sa véritable identité, tout en sachant que celle qui fait battre son cœur n'a rien de la princesse à laquelle il est supposé lier son existence...

Un époux à convaincre, d'Anne McAllister - N°4586

Elle était mariée... avec Dominic Wolfe. S'il n'avait pas été là, près d'elle, dans ce lit qui était maintenant le leur à New York, Sierra ne l'aurait pas cru. Car tous deux n'ont rien en commun, si ce n'est cette incroyable entente charnelle. Dans l'intimité, Dominic n'est plus l'homme d'affaires au costume impeccable, et elle la coiffeuse excentrique. Dans le secret de la chambre à coucher, ils sont simplement un homme et une femme en proie au même désir irrépressible. Hélas ! la passion ne dure pas. Et si Sierra rêve que Dominic partage un jour ses sentiments elle sait aussi qu'il s'est juré de ne plus aimer, et qu'il faudra bien davantage que des corps-à-corps torrides pour transformer leur mariage d'intérêt en une véritable union...

Harlequin® est une marque déposée du groupe HarperCollins France – 83/85, B-d Vincent Auriol – 75646 Paris cedex 13. SA au capital de 1 149 680€ – R.C. Paris. Siret 31867159100069/APE5811Z.